Dass man durch Spekulation über Nacht irre reich, aber auch schnell wieder sehr arm werden kann, ist bekannt. Mikka kennt es schon lange. Wenn sie nach der Schule mit Andreas bei dessen Onkel am Pool rumhing, wurde ständig investiert, optimiert, transferiert – die Welt wurde davon nicht besser, und auch der schöne Pool war eines Tages dahin. Als Studentin der Volkswirtschaft trifft Mikka auf eine Professorin, die das Erstsemester ermuntert: »Macht euch ruhig Sorgen, dass die Menschen aus ihrer ›Alles-muss-wachsen-Welt‹ nicht mehr herausfinden. Erfindet neue Szenarien!« Mikka erkennt, dass Geldvermehrung hauptsächlich auf Vorstellung und Vertrauen beruht. Gemeinsam mit Andreas, der inzwischen bei einer Genfer Bank reiche Kunden betreut, gründet Mikka die Onnepekka Pankki – die Glückspilzbank. Eine Bank, die Geld auflöst. Eine Bank, die wirklich die Welt rettet.

Glückspilzbank beschreibt die Wirklichkeit als Groteske. Mit subversivem Humor stellt Michael Stauffer die Grundidee der ständigen Akkumulation von Kapital auf den Kopf und imaginiert die Geldauflösung als nie gedachten Ausweg aus der fatalen Spirale, in der die Welt heute steckt.

Michael Stauffer

Glückspilzbank

Roman

Atlantis

Dieses Buch erscheint mit freundlicher Unterstützung
der Stadt Biel und des Kanton Thurgau.
Der Verlag bedankt sich dafür.

www.atlantisliteratur.ch
Lektorat: Daniela Koch
Covergestaltung: Lara Flues
Coverabbildung: © plainpicture / Millennium / Vilma Pimenoff
Satz: Tristan Walkhoefer, Leipzig
Gesetzt aus der Stempel Garamond LT / 230120
Druck und Bindung: GGP Media GmbH, Pößneck
Auch als E-Book erhältlich
ISBN 978 3 7152 5029 8

Für Noëlle und Araell

Man kann nicht voraussagen, wie sich ein Mensch entwickeln und verändern wird. Man kann selten dabei zuschauen und dann sagen, aha, deshalb! Es ist immer auch Zufall, was aus jemandem wird, und Glück. Manche überwinden ihren mentalen Jetlag nie. Andere schweifen dauernd ab, driften davon. Ich behielt meine Richtung immer bei. Was mir dabei geholfen hat, war zu wissen: Es ist bei allen gleich. Man ist zuerst ein Mensch, der nichts bedeutet, dann bekommt man einen Namen. Dann tut dieser Name irgendetwas. Danach bedeutet der Name dieses Menschen kurz etwas. Vielleicht tut dieser Mensch dann noch mal etwas anderes, und sein Name bedeutet wieder kurz etwas. Wenn er Glück hat, etwas anderes. Wenn ein Mensch Pech hat, bleibt er stecken. Deshalb vielleicht als einziger Ratschlag: Bleib lieber eine Frage, oder, wenn du es erträgst, gar ein großes Fragezeichen, das sich am Ende mit allem, was es besitzt, in Luft auflöst!

(Mikka Vihuri-Rikkala, Chinle, Arizona, USA 2023)

Was für eine Scheiße, wie fad ich leben muss. Manchmal wünsche ich, dass ich kurz die Besinnung verliere und durch einen feinen Riss in der Zimmerdecke einen flüchtigen Durchblick erwische, nur um zu wissen, dass es ihn gibt. Ich brauche keine Erleuchtung, ein kleines Schaudern reicht vollkommen.

Meine Mutter war Verkäuferin in einem fast völlig automatisierten Supermarkt und stand dort den ganzen Tag allein neben 25 Selbstbedienungskassen. Ihre fünf Kolleginnen waren schon lange entlassen worden, der Filialleiter hatte meine Mutter als Engel in diesem Laden behalten. Sie schenkte jedem Kunden die größte Aufmerksamkeit. Sie scherzte mit alten Damen, brachte grimmige Jünglinge zum Lachen und holte offensichtlich Betrunkene oder mit Drogen Zugedröhnte kurz aus ihrer Dunkelheit. Sie konnte Witze erzählen, von denen sie selber nichts wusste.

Meine Mutter nahm mit vielen Menschen gleichzeitig Kontakt auf. Sie konnte problemlos in mehrere Menschen gleichzeitig hineinschauen, und ich lernte, was man alles sehen konnte, ohne auch nur ein Wort mit den Menschen zu wechseln.

Dank ihrer Fähigkeit blieb es im Supermarkt fast immer friedlich. Ich stand tagelang in der Nähe meiner Mutter bei den Kassen, schaute zu, speicherte alles, wurde vor lauter Beobachten fast unsichtbar, fühlte mich wie ein Schwamm, der alles aufsaugt. Alle paar Stunden brachte uns der Sicherheitsbeauftragte etwas zu essen und zu trinken. Wir wohnten fast in diesem Supermarkt.

Zu Hause gab es ein Kinderzimmer und meinen größenwahnsinnigen Vater Felix, der als Buchhalter und Trinker tätig war. Ich glaube, die ersten Lebensjahre und die frühe Kindheit verliefen in einem geschützten, noch halbwegs funktionierenden kleinbürgerlichen Rahmen. Die Errungenschaften des Wirtschaftswachstums wurden miterlebt. Es gab einen reich gedeckten Tisch, Mutter und ich brachten regelmäßig Cremeschnitten mit nach Hause, die nach 16 Uhr aus der Auslage genommen und entsorgt wurden, weil eins der vier Blätterteigblätter etwas eingesunken war oder die Puderzuckerglasur eine Delle hatte.

Wenn mir kalt war, wurde ich von meiner Mutter gewärmt. Wenn ich krank war, wurde ich von ihr, meistens ohne Medizin, geheilt. Meine Mutter hatte mir früh beigebracht, sie nicht nur Mutter zu nennen, sondern auch mal mit »Wer bist du?« oder »Kennen wir uns?« anzusprechen. Am wichtigsten war ihr aber, dass ich mich geborgen und beschützt fühlte und wusste, dass sie mich im schlimmsten Fall immer wieder zusammenflicken würde.

Mein Vater ging an meiner Mutter vorbei zur Arbeit, ohne sich zu verabschieden. Mutter nickte oder winkte ihm beim Fortgehen jedes Mal aufmerksam zu, ohne ein böses Wort zu denken. Ich dachte immer: Du musst nie mehr zurückkommen, du Trinker, du fauler Sack, du armes Schwein, du Pudel, du Nichtsnutz, du Grobian, du Feigling, du Pfeife, du Blinder, du Ignorant, du verantwortungsloser Depp! All das dachte ich, und meine Mutter schaute mich jedes Mal strafend an. »Ich kann hören, was die Menschen denken, das weißt du doch.« Ich schämte mich, und so brachte sie mir bei, wie ich durch den Vater und seine bösartige Oberfläche hindurchsehen und so versuchen konnte, ihm zu helfen. »Es geht nicht darum, dass du ihn ignorierst oder versuchst, ihn wegzudenken, das wäre eine menschenfeindliche Strategie! Das machen schon andere mit ihm. Wenn du durch ihn hindurchsiehst, dann kannst du ihm helfen, ein wenig von diesem schrecklichen Bild, das er von sich selber hat, abzulegen.«

Meine Mutter konnte aber auch noch ganz andere

Dinge. An Geburtstagen und Weihnachten machte ich mit meinem Smartphone immer Familienfotos. Wenn Mutter nicht mit ihm auf dem Bild war, wirkte mein Vater fast immer traurig, leer, gehetzt, er sah aus, als würde er unter seinen Kleidern etwas Schlimmes verbergen oder als hätte ihn gerade jemand verprügelt. Wenn Mutter neben ihm stand, änderte sich das alles. Mein Vater sah dann recht freundlich aus, ein bisschen braun gebrannt, glücklich, so als wäre er im Urlaub gewesen. Dafür fehlten meiner Mutter auf diesen Fotos Körperteile. Mal war es ein Stück Arm, mal ein halbes Bein, das nicht zu sehen war. Die Abbildungsfehler konnte niemand erklären. Ich schaltete alle Funktionen, die das Smartphone hatte, ein und aus. Die Lücken, weißen Flecken und Unschärfen bei meiner Mutter blieben ein unerklärbares Phänomen.

Einmal hatte ich auch eine Freundin eingeladen und bat sie, ein paar Fotos von uns als Familie zu machen. Erschrocken zeigte sie mir wenig später auf einer Aufnahme, auf der wir alle drei zu sehen waren, eine Stelle an meinem Kopf, wo ein Teil vom Ohr und von der Stirn fehlte.

Diskussionen mit meinem Vater waren immer langweilig, außer wenn meine Mutter mit im Raum war. Das Einzige, was mein Vater zu bieten hatte, wenn wir allein waren, war Besserwisserei. Alle Lehrer sind faul. Alle Beamten sind faul, außer Polizisten. Handwerker sind alle in kriminellen Kartellen organisiert, Katholiken sind schlimme Lügner, italienische Autos sind super, französische Autos sind für Weichlinge, Pfarrer sind Heuchler, evangelische Pfarrer sind die schlimmsten Heuchler. Wenn etwas schiefging, war immer ich Schuld, aus mir würde nie etwas werden! Und so weiter. Ich gebe zu, dass ich es interessant fand, den Vater so lange zu provozieren, bis er sich mit seiner Besserwisserei selber völlig an die Wand argumentiert hatte und tobend und schnaubend aufgab.

Irgendwann konnte ich voraussehen, wie die Gespräche ablaufen würden, ich wusste, wann die Lautstärke anschwoll, wann der Vater aufstehen, wann er davonlaufen würde, wann Türen zugeknallt würden und so weiter. »Das musst du jetzt halt akzeptieren, dass man mit mir so nicht reden kann«, hatte ich meinem Vater erklärt. Danach hörte ich auf, mit ihm zu sprechen. Meine Mutter hat mich eine Weile machen lassen, dann fasste sie mich an beide Handgelenke und sagte: »Du musst etwas im Umgang mit deinem Vater verändern.«

Mein Kinderzimmer verkam mehr und mehr zu einer Gaststätte für meinen betrunkenen Vater und dessen Freunde. Es wurde geraucht, gefeiert, geprahlt und über andere gelästert. Mein Vater verlor wegen seiner Trunksucht die Arbeit, bekam ein aufgedunsenes Gesicht, eine riesige Nase, Zahnschäden. Er gründete ein Treuhandbüro, und bald verkehrten in unserer Wohnung diverse Figuren aus der Halbwelt. Einer hieß Bienenmann und erzählte, er könne mit Lottospielen und Pferderennen ganz viel Geld verdienen. Ein anderer, Hackebarth, wollte sich mit Edelsteinen eine goldene Nase verdienen. Auch eine Frau tauchte regelmäßig auf, sie hieß Hengstmengel und sammelte von diversen anderen Besuchern Geld ein, führte Listen und zahlte manchmal auch Geld aus. Als ich sie einmal fragte, was sie genau mache, sagte sie zu mir: »Ich nehme das Geld von Männern, die an den Weihnachtsmann glauben. Und dann kommt er nicht.« Frau Hengstmengel zweigte immer wieder kleinere oder größere Summen für mich ab. Einmal schenkte sie mir eine Spielzeug-Fabrikhalle aus Holz. Darin standen viele kleine Holzgalgen, an denen kleine Kerzchen hingen. Die Kerzchen waren schön farbig.

Als das Kinderzimmer wieder einmal mit muffig riechenden Trinkerfreunden überfüllt war, konzentrierte ich mich so lange auf die kleinen Kerzchen, bis eines davon zu brennen begann. Ich bekam Angst, meine Mutter war nicht zu Hause, ich verließ die Wohnung und zog die Tür mit einer Hand im Rücken ins Schloss, schaute nicht zurück, ging weg, wartete. Es kam keine Feuerwehr.

Irgendwann hatte meine Mutter mein Bett aus dem Kinderzimmer ins Elternschlafzimmer getragen und das Bett meines Vaters vor dem Hauseingang auf die Straße gestellt. Ich hatte keine Ahnung, wie sie das alles allein geschafft hatte. Mein Vater lag fast nur noch auf dem Sofa. Er sah aus wie eine tiefgekühlte Statue. Die Stimmung zu Hause war sehr, sehr schlecht, es war, als schliefen vor allen Türen unsichtbare Kühlaggregate.

Ich sagte nie, ich wohne da und da, das ist meine Adresse, da bin ich zu Hause. Wenn jemand nachfragte oder mich besuchen wollte, gab ich einfach zurück: »Und du? Wo wohnst du? Ist es da schön, wo du wohnst?«

Während dieser Phase waren meine Mutter und ich viel draußen und saßen auf einer Parkbank. Ich lernte, wie man direkt mit dem Hirn anderer Menschen Kontakt aufnehmen kann. Meine Mutter zeigte auf jemanden in der Nähe, drehte ihren Kopf in die Richtung, und schon hörte ich einzelne Gedanken dieses Menschen. Wenn meine Mutter mir gleichzeitig die Hand auf den Kopf legte, konnte ich ganze Gedankengänge empfangen, und manchmal hörte ich, was diese Menschen sagten, bevor sie ihren Mund überhaupt aufmachten.

Die Wohnung wurde immer mehr zu einem Ort aus Schatten und Abendlicht, dunklen Wolken, schwarzem Nebel und Regen. Meine Mutter versprach mir: »Du wirst bald ein neues Zuhause mit einem Spielplatz und einem Regenbogen haben, ein Zuhause, in dem Schuhe ganz allein herumlaufen.«

Man hat vierzig Möglichkeiten, was man aus einem Leben machen kann, und mein Vater hatte sich einfach dem Alkohol ergeben und hat sich dann auch von ihm töten lassen. Den Krankenschwestern konnte er nur noch zuzwinkern, die Lippen konnte er nicht mehr bewegen. Pfeifen konnte er auch nicht mehr. Meine Mutter und ich saßen immer nur ganz kurz im Krankenzimmer und empfingen fast gleichzeitig die Gedanken des Sterbenden. »Es ist zu spät, ich bin schon weg, ihr müsst nicht mehr kommen.« Es war schwierig, die Krankenschwestern und Ärzte davon zu überzeugen, dass ihr Patient sich absichtlich zu Tode gesoffen hatte und von ihnen nur erwartete, dass sie ihn endlich sterben ließen. Schließlich übermittelte meine Mutter dem zuständigen Arzt direkt die Gedanken seines Patienten. Am nächsten Tag war mein Vater tot.

Der Arzt bedankte sich mit ganz entspanntem Gesichtsausdruck bei meiner Mutter und sagte: »Ich hatte einen Traum. Es tut mir leid, dass ich es nicht früher verstanden habe!« Meine Mutter lächelte.

Unsere letzte Mahlzeit in der alten Wohnung dauerte nur wenige Minuten, ich hatte das Gefühl, unser Tisch sei so lang wie eine Tiefgarage. Wir aßen selbst gemachten Fleischkäse mit Blumenkohl, redeten nichts. Am einen Ende saß meine Mutter, und ganz weit weg am anderen Ende war ich. Einen Tag später kündigte meine Mutter die Wohnung, und wir zogen in eine WG.

Wir wurden von Andreas begrüßt, der als Einziger zu Hause war.

Mutter wurde die Mutter der ganzen WG. Wir saßen alle auf engstem Raum zusammen. Andreas verliebte sich etwas in mich, und wir kifften ab und zu. In diesem Zustand übten die Tapeten meines Zimmers eine starke Faszination auf mich aus, und ich starrte sie oft stundenlang an. Was Andreas in diesen Momenten tat, weiß ich nicht mehr. Die kleinen Lichter und die ornamental leuchtenden Muster an den Wänden verschwanden meistens nach einer Stunde wieder. Die Heizung in der Wohnung war ein hydranthoher Kasten mit verschiedenen Knöpfen, einer großen Klappe und einem Guckloch. Nachdem ich Holz reingelegt hatte, schaute ich gern und lange in das Guckloch. Die Flamme flackerte und sprach mit mir. Manchmal schrieb ich auf, was sie sagte: »In einer Alles-ist-durcheinander-Wohnung wurdest du geboren. Es war nicht deine Aufgabe, dich mit einem von der Sonne zu wenig beleuchteten Menschen zu beschäftigen, deshalb wohnst du jetzt hier. Hier kannst du viel lernen. Lass dir nichts vorgeben, sei nicht funktional! Wenn du etwas anderes als das, was im Lehrbuch steht, besser findest, sag es!«

Meine Mutter brachte immer wieder Menschen mit, die dann eine Woche in der WG wohnten. Auf die Frage, woher sie die Mitgebrachten kannte, sagte sie immer nur: »Es werden noch viele kommen.« Mir gefiel es in dieser WG sehr gut. Wir waren ein fröhlicher Haufen junger Leute. Manchmal brachte meine Mutter auch Bier mit nach Hause. Einige wurden davon ganz nervös, wie Hühner, und mussten sehr schnell alles auf einmal leer trinken.

Einmal kam ein Amerikaner und machte mit uns eine Übung. Sie hieß: *You are not shit. You can change yourself into gold.* Dazu mussten wir uns einer nach dem anderen auf den Küchentisch legen. In der rechten Hand hielten wir einen verfaulten Apfel, in der linken Hand einen frischen roten Apfel. Schreiend vor Schmerz mussten wir dann simulieren, dass wir unser altes Herz gegen ein neues austauschen ließen. Dazu bewegte der Amerikaner ein großes Messer über dem Herzen desjenigen, der auf dem Tisch lag, so als würde er gleich auf ihn einstechen.

Meine Mutter arbeitete weiter im Supermarkt, ich ging ins Gymnasium. Bis sie eines Tages sagte: »Mikka, mir wurde heute gekündigt, ich bin froh! Mach dir keine Sorgen. In Neapel gibt es einen Opernsänger, der seit Jahren regelmäßig Geld auf ein Konto überweist! Pack ein paar Sachen für uns ein, wir fahren ihn besuchen.«

Der Opernsänger in Neapel stellte sich mit Renato vor. Er schaute mich an, hielt kurz meine Handgelenke, dann meine Ohren und sagte: »Deine Mutter hat mich immer, wenn ich bei euch war, gefragt, ob ich Neapel hören könne, wenn ich so weit weg sei.« Ich erkannte ihn sofort wieder. Er war ein paarmal zu Besuch gewesen, als mein Vater schon ganztags betrunken war und, weil er bei seinen Saufkumpanen wohl im Koma lag, tagelang nicht nach Hause kam. Renato lachte. Meine Mutter lachte auch. »Weißt du, was er gesagt hat? Wenn man das perfekte Gehör hat, kann man alles hören, also auch jedes Rascheln in Neapel.«

So hatte ich plötzlich wieder einen gesunden, lebendigen Vater, der seit zwanzig Jahren zu Fuß zur

Oper ging. Eine halbe Stunde hin, eine halbe Stunde heim fürs Mittagessen, wieder eine halbe Stunde zurück zur Oper und am Schluss wieder eine halbe Stunde nach Hause. Jeden Tag.

Renato hatte Geld für uns gespart, nebenher, wie er sagte. 200 000 Franken in all den Jahren. Nach einer Woche Neapel, mehreren Konzerten und viel wunderbarem Essen reiste ich allein in die WG zurück. Meine Mutter blieb bei Renato, das Geld traf ein paar Wochen später auf meinem Konto ein.

Die WG bedauerte, dass meine Mutter nicht mehr bei uns wohnte. Ich wusste auch nicht genau, was ich Andreas alles erzählen sollte. »Meiner Mutter geht es gut. Das muss fürs Erste reichen«, sagte ich etwas unwirsch.

Wenn man eine Teekanne füllt, dann zwei Tassen nimmt und jemanden zum Teetrinken einlädt, dann stellt das Gesellschaft her. Wenn man allein am Tisch Tiefkühlprodukte isst, stellt das nichts her.

Im Gymnasium fiel ich vor allem durch meinen komisch verteilten Ehrgeiz auf. Die Lehrer und Lehrerinnen konnten nicht nachvollziehen, wie es möglich war, dass meine Noten in sämtlichen Fächern völlig unvorhersehbar in alle Richtungen ausschlugen. Einmal, als ein Lehrer mich in seiner Verzweiflung nach meinen schulischen Zielen fragte, sagte ich: »Mit 6000 Stundenkilometern durchs Universum fliegen!«

»Ja, aber bezogen auf deine Zeit an unserer Schule, jetzt hier, aktuell?«

»Auf sich bewegenden tektonischen Platten tanzen, ohne runterzufallen?«

Der Lehrer fand beide Antworten kindisch, Andreas applaudierte und erklärte: »Phantasie ist doch zehnmal wichtiger als reines Wissen. Ihre Logik bringt uns vielleicht von A nach B oder bis zur

Matura. Mit Mikkas Vorstellungskraft können wir aber schlicht überall hinkommen.«

Ich spürte, dass Andreas mich beeindrucken wollte, sein endloser Kampf um meine Anerkennung war schön. Wir knutschten manchmal in der Pause im Treppenhaus, manchmal griffen wir uns unter der Schulbank in die Hosen und massierten uns gegenseitig die Geschlechtsteile. Es war immer schön mit Andreas. Ich habe oft auch bei ihm übernachtet, ohne Anfassen. Andreas ließ sich die Haare wie Don Johnson von *Miami Vice* schneiden, hatte ein Faible für beige Sakkos, die ihm alle an den Armen zu kurz waren. Ich mochte Andreas, weil wir ganz verschieden waren. Ich war an materiellen Dingen wenig interessiert. Andreas legte viel Wert auf seine Erscheinung, redete oft von Ehre, Geld und Ruhm und begann plötzlich mit »Super-Ideen«, wie man ganz einfach und schnell Geld verdienen konnte, im Gymnasium herumzubluffen. Mir sagte das nichts. Ich war aber neugierig, woher dieser Erfolg-Geld-Gewinn-Wind bei Andreas wehte.

Er hatte regelmäßig Sonnenbrand, weil er stundenlang am Pool seines reichen Onkels lag und davon träumte, ebenso reich zu werden. Natürlich wollte ich diesen Onkel kennenlernen.

Beim ersten Besuch durften wir im Büro dabei

sein, während er laut Zahlen in den Telefonhörer brüllte. Er wirkte auf mich wie ein freundlicher Großvater oder ein pensionierter Beamter. Mir fiel auf, dass sein Körper unglaublich angespannt war. Für Andreas und mich war das alles wie in einem Film, und es machte uns Spaß, dem Onkel zuzusehen. Der Onkel verdiente mit seinem Gebrüll am Telefon sehr viel Geld und wollte, dass wir ihm beim Reichwerden zuschauten. Er interessierte sich vor allem für die Gaming-Industrie, stellte uns die allerneusten Konsolen und Reality-Brillen zur Verfügung, damit er wiederum zuschauen konnte, ob wir die jeweiligen Produkte mit Begeisterung oder Langeweile nutzten. Ich fand diese Spielecke bei Andreas' Onkel angenehm, wir saßen auf einem riesigen lila Plüschsofa, das auf einem hellen Teppich stand, zwei große Bildschirme hingen an der Wand, Chipstüten, Limonade und Schokoriegel standen immer in unbegrenzter Menge zur Verfügung. Ab und zu kiffte Andreas' Onkel mit uns und fragte, warum wir welche Spiele mochten. Selber spielte der Onkel nie.

Wir verbrachten ganze Stunden mit Spielen, während der Onkel im selben Zimmer meistens ziemlich gute Bilder malte und dazu klassische Musik auf teuren Kopfhörern hörte. Diese Szenerie war eine kleine Idylle. Hier wir zwei jungen Menschen, die wie Stofftiere herumlagen, daneben der Onkel, schwebend auf seinem Klassik-Sound, den Pinsel schwingend. Der Onkel leitete aus unserem Verhalten ab, in welche Technologie-Titel oder Game-Zulieferer oder Game-Anbieter er als Nächstes investieren wollte und gegen welche Anbieter er eine Wette machen wollte, dass sie bald vom Markt verschwinden würden.

Wir bewerteten die Spiele natürlich auch selber. Ich war aber mit Andreas' Bewertungen nie einverstanden. Für ihn zählten nur oberflächliche Merkmale wie das Design, das Material, die Verpackung oder der Sound, der die Spiele begleitete, während mich vor allem programmiertechnische Hintergründe der einzelnen Hersteller interessierten, wie flüssig die Bilder waren, wie gut die Effekte, wie stark man in das Spiel eintauchen und selber zur Spielfigur werden konnte. Der Onkel sprach mich mit »Meine Dame Professorin« an, und Andreas nannte er »Gamer«. Die meisten Mitschüler hatten keine Ahnung davon, was wir an unseren freien Nachmittagen da trieben. Sie vermuteten richtig, dass ich mit Andreas rummachte, und falsch, dass es den Onkel nur in unserer Phantasie gab.

Mir war klar, dass Andreas' Onkel ein kleiner Scharlatan war. Ich versuchte, das Andreas, der bald zweimal pro Woche im Büro des Onkels saß und für ihn vorher festgelegte Geschäfte per Telefon abwickelte, auch mehrfach zu erklären.

Es nützte nichts. Andreas fuhr weiter regelmäßig mit dem Fahrrad dahin. Er hatte eine Fernbedienung, mit der er das Tor zur Garage öffnen konnte. Diese Welt war auch für mich zuerst geheimnisvoll und exotisch, bald aber nur noch einfältig. Ich versuchte Andreas ein paarmal beizubringen, dass das mit dem Onkel nicht gut enden würde. Einmal saßen wir zusammen mit ihm im Auto, als im Radio eine außerordentliche Meldung zu hören war. Es wurde über den Zusammenbruch einer großen Airline berichtet. Und darüber, dass sich der Staat mit Milliarden an der Airline beteiligen wollte, um sie zu retten. Andreas' Onkel drückte wie ein Besessener aufs Gas, raste im nächsten Dorf vor einer Bar aufs Trottoir, zog sein Smartphone aus der Hosentasche, tippte wie ein Irrer darauf herum, wartete, schnaubte, legte sich das Smartphone auf den Schoß, zündete sich eine Zigarette an, tätschelte Andreas den Hinterkopf, zog weiter an seiner Zigarette, die glühte wie das Triebwerk eines startenden Jets, schaute immer wieder auf das Display und schrie schließlich: »Whiskey!«

Als er aus dem Auto sprang, folgten wir ihm irritiert in die Bar, wo schon drei volle Gläser auf dem Tresen standen. Andreas' Onkel nickte uns zu: »Wenn ihr wollt, seid ihr zwei mit dreißig auch Millionäre!«

»Wie das?«, fragte ich. Mir war in jenem Moment nicht klar, dass Andreas' Onkel gerade für 350000 Franken Optionen gekauft und sie Minuten später für 585000 Franken wieder verkauft hatte. Er zeigte mir sein Display und lachte: »Ich habe das Brummen des Marktes wieder einmal richtig gehört.« Andreas' Onkel behauptete, während er mit uns trank, er höre die Aktienkurse und könne sie schneller deuten und damit erfolgreicher handeln als alle anderen. Ich wusste, dass Andreas seinen Onkel vergötterte und für ihn sogar Jesus Christus höchstpersönlich oder Maria oder Josef und dessen Esel verraten hätte, gerade deswegen musste ich Andreas' Onkel die Stirn bieten.

»Es gibt keinen Grund, anzunehmen, dass Sie übersinnliche Fähigkeiten haben und Charts schneller analysieren können als ein durchschnittlicher Mathematiker.«

»Meine Dame Professorin«, lachte Andreas' Onkel, »ist das Ihr Ernst?«

»Ja, und es wäre freundlich, Sie würden Andreas einmal etwas ausführlicher über das Funktionieren einer Börse informieren.«

»Das möchten Sie?«

»Ja, und ich fühle mich auch absolut in der Lage,

Ihnen belegen zu können, dass Sie beim Handeln längerfristig Ihr ganzes Geld verlieren werden.«

»Meine Dame Professorin, das ist etwas großkotzig, finden Sie nicht auch?«

»Das mag sein, aber ich weiß das wirklich, ganz bestimmt.«

»Also, meine Dame Professorin. Was ist eine Börse? Wollen Sie es Andreas erklären?«

»Okay«, sagte ich. »Eine Börse ist eine Zusammenkunft von Menschen, die Waren oder irgendetwas anderes austauschen wollen. Eine Abstraktionsebene höher ist das eine Zusammenkunft von Leuten, die Anteilscheine von Unternehmen gegeneinander tauschen. Und idealerweise sind es möglichst viele Leute, von denen die einen sagen: ›Ich möchte den Wert verkaufen‹, und die anderen: ›Ich möchte diesen Wert kaufen.‹«

Andreas glaubte wirklich, dass sein Onkel ein geniales Handelssystem erfunden hatte. Es nützte nichts, dass ich ihm klarmachte, dass sein Onkel von Computern und Programmierung gar nichts verstand. Die Ausrüstung, die Andreas' Onkel im Büro stehen hatte, war bestenfalls eine schöne Attrappe. Obwohl Andreas' Onkel wusste, dass ich in Mathematik wirklich was draufhatte, sprach er davon, dass die Entwicklung seiner Handelsideen über dreißig Jahre gedauert habe. »Meine Dame

Professorin«, hat er gesagt. »Ihre Sonne der Erkenntnis steht im Moment noch zu niedrig, als dass Sie das alles verstehen könnten!«

Humor hatte Andreas' Onkel, das musste man ihm lassen. Und so nahmen wir uns gegenseitig mit »Meine Dame Professorin« und »Börsen-Amateur« und »Hobby-Trader« auf den Arm. Andreas glaubte weiter an seinen magischen Onkel und lernte brav von ihm. Zum Beispiel: Reich sein ist so einfach, das kann jeder! Du brauchst nur die richtige Hose anzuziehen, schon bist du bereit! In die linke Tasche kommen gerollte Geldbündel, rechts ein paar Münzen. Links die Noten, rechts die Münzen.

Was für ein tolles System.

Andreas ist ein guter Verkäufer, er braucht keine Wolke von Aftershave, um seine Unsicherheit zu verbergen. Er spielt mit der Unsicherheit, zeigt sich mal kichernd mit verrutschter Krawatte, stolpert mal kurz über ein Stuhlbein, um dann im richtigen Moment zum Abschluss des Geschäfts zu kommen.

Einmal entdeckte ich Andreas tief atmend vor dem Badezimmerspiegel, wie er verschiedene Stehposen ausprobierte. Cool wie eine Banane, cool wie eine halbe Dandy-Banane, dann aufgepumpt wie ein Bodybuilder mit Anabolika, dann wie ein Polizist auf der Lauer.

»Das hat dir sicher dein Onkel gezeigt«, sagte ich, und Andreas zuckte zusammen.

Dann sah ich den orangen Punkt, den Andreas auf den Badezimmerspiegel geklebt hatte.

»Übst du schielen?«

»Nein, der orange Punkt erinnert mich immer daran, wie begabt und cool ich bin.«

»Ist das auch von deinem Onkel?«

»Ja, die Übung besteht darin, in den Spiegel zu

schauen, den orangen Punkt kurz zu fixieren und dann diesen Satz immer wieder zu wiederholen!«

»Ich bin begabt, ich bin cool?«, fragte ich, umarmte Andreas kurz von hinten, und wir lachten zusammen in den Spiegel.

Andreas perfektionierte seine Verkäuferqualitäten im Gymnasium. Sein Onkel half uns, einen Pancake-Stand zu organisieren. Er telefonierte ein paarmal mit dem Schulhausabwart, und schon war ein Abstellraum organisiert. Darin wurden drei Klapptische, sieben Gas-Rechauds, zwanzig Pfannen, Papierrollen, Pappteller, Konfitüren, Puderzucker, Ahornsirup, Mehl, Öl, Kochschürzen sowie ein Kühlschrank deponiert. Ich war eine Art Maître d'Hôtel und leitete bis zu zwölf Mitschülerinnen und Schüler an. Pro Pause holten wir mit guter Logistik und eingespielten Abläufen durchschnittlich 550 Franken raus. Andreas war zuständig für die Bewirtschaftung der Vorräte, kümmerte sich darum, dass wir immer genug Personal hatten, fand die richtigen Schüler mit einer Freistunde vor oder nach der Pause oder Schüler, die schon achtzehn waren und ausgefallene Stunden selber entschuldigen konnten. Weiter kümmerte sich Andreas um die Bewerbung des Stands; den richtigen Preis der Pancakes konnte er nicht ausrechnen, das machte ich. Andreas starrte im Unterricht der Mathelehrerin immer auf die Brüste und den Hintern, die schriftlichen Prüfungen schaffte er nur mit meiner Hilfe knapp, trotzdem stand in seinem Zeugnis am Schluss *sehr gut*! Natürlich hatte die Lehrerin es schamlos ausgenutzt – solange sie von pubertierenden Knaben angestarrt wurde, musste sie nichts für den Unterricht tun. Als der Prorektor auf den Zusammenhang zwischen dem neuen Pancake-Stand und den Absenzen einiger volljähriger Schüler kam, wurde die Rekrutierung für neue Mitarbeiter kurzfristig etwas erschwert, und ich musste den Preis wegen gestiegener Personalkosten neu berechnen.

Nach dem Gymnasium ging es für Andreas nahtlos weiter, er machte eine Ausbildung bei der Debit Bank Swiss und wurde sofort dem Young Potentials Förderprogramm zugeteilt. Andreas kam schnell in Kontakt mit seinem künftigen Chef, Robin, dessen Büro von Anfang an genauso magisch auf ihn wirkte wie das seines Onkels.

In der Mitte von Robins Büro stand ein wunderschöner massiver Holztisch, in einer Ecke ein Schirmständer mit einer Regenschirmsammlung, wie man sie sonst nur in exklusiven Herrenausstattungsläden finden konnte. Weiter stand auf dem Tisch, der wie ein Altar wirkte, eine Glasschale, und in der Glasschale lagen drei Federn, drei Moosbällchen, einige Münzen aus Gold sowie eine dicke

Rolle 1000-Franken-Scheine, von einem Gummiband zusammengehalten.

Robin hatte sofort bemerkt, wie gut Andreas mit Kunden umgehen konnte. Wie er blitzartig in jedes Kundenherz gelangte und dort blieb. Robin konnte das Knistern in Andreas' Brust hören, wenn Andreas nahe vor dem Geschäftsabschluss stand. Andreas schaffte es, jedem Kunden das Gefühl zu geben, ein Meisterwerk einer Geige zu sein, wertvoller als jede Stradivari, auf der man die wundersamste Musik spielen konnte. Andreas wurde immer selbstbewusster, und als Robin ihn bei einem Mittagessen fragte, warum er von sich selber dachte, dass er für die Debit Bank Swiss wichtig sei, antwortete Andreas nur:

»Ich werde bald 390000 Franken pro Jahr verdienen!«

Andreas verbrachte weniger Zeit bei seinem Onkel. Der lehnte sich immer weiter aus seinem Tradingfenster. Sein Geld schmolz weg wie Butter. Schließlich traf der Onkel einen alten Freund und erzählte ihm von seiner angeblich komplett selbst programmierten Handels-Software, die unglaubliche Gewinne generiere. Als Andreas davon erfuhr und seinen Onkel besorgt fragte, ob es nicht etwas riskant sei, 250000 Franken eines Freundes aufs Spiel zu setzen, antwortete der Onkel: »Nicht solange der glaubt, er gehöre zu einer ausgewählten, von mir persönlich betreuten Kundengruppe.«

Auch die Tatsache, dass der Onkel das eingesammelte Geld auf Bankkonten auf den Bahamas legte, machte Andreas nicht stutzig. »Warum siehst du immer alles so schwarz«, war seine Antwort, als ich ihm sagte, dass es mit dem Onkel bald ein abruptes Ende nehmen werde. Natürlich war es schwierig, Andreas zu erklären, dass ich die Gedanken seines Onkels schon lange mithören konnte und deshalb gewarnt war.

Logisch, der Onkel verlor die ganzen 250000 Franken seines Freundes. Natürlich gab es keine richtigen Verträge, der Kontakt zwischen dem Onkel und dem Geprellten brach bald ab. Als Letztes erhielt der Onkel den erschütternden Abschiedsbrief seines ehemaligen Freunds, der seine eigene Frau im Schlafzimmer erschossen, in den Kleiderschrank gepackt, eine Decke drübergelegt, seine beiden Kinder mit einem Hammer im Schlaf erschlagen und schließlich sich selber gerichtet hatte. Andreas' Onkel fiel kurz danach, als er gerade einen Toast mit Ketchup aß, tot vom Stuhl. Es war, als sei er von seinem eigenen Unterbewusstsein getötet worden.

Später erzählte Andreas, sogar ein bisschen stolz, dass der Onkel am Schluss aus Armut wirklich nur noch Toast mit Ketchup gegessen habe. Toast mit Ketchup! Das wars in der Zusammenfassung: Börse, keine Ahnung, alles weg, trockenes Weißbrot, Ketchup.

Andreas war traurig und schockiert über den plötzlichen Tod, ich tröstete ihn, so gut es ging, und meine Mutter tröstete ihn aus der Ferne noch besser: »Sei doch froh, dass du diesen Geist los bist, der dir immer nur wirre Ideen eingeflüstert hat.« Andreas schrieb eine kleine Todesanzeige, die er an vier Freunde und vier Verwandte schickte. Aus Kostengründen kaufte er für seinen Onkel einen Platz in einem Urnengemeinschaftsgrab ohne Namensnennung für 400 Franken und bestellte einen Friedhofsmitarbeiter, der für eine Pauschale von 100 Franken die Urne maximal 150 Meter weit trug und dann in eine Art Briefkasten aus Stein stellte. Die Einäscherung inklusive Standardsarg kostete 600 Franken, der Transport noch mal 500 Franken. Andreas' Onkel hatte genauso aufgehört, wie er angefangen hatte, mit nichts. Die einzige Hinterlassenschaft waren ein paar alte abgetragene Kleider mit großen Löchern und vielen Flecken, kaum weiterzutragen, der Rest, nach Begleichung aller Schulden, knapp 1000 Franken. Andreas bekam rote Augen, hielt den Atem an, fasste sich wieder und las den vierzehn bei der Testamentseröffnung versammelten Personen ein paar Sätze vor: »Mein Onkel war ein großer Visionär der Selbstbeschwörung, so muss man es heute sagen. Ich glaube, dass ihm dies auch zum Verhängnis geworden ist.« Dann bekam Andreas ein schlechtes Gewissen. Ich hörte, was er dachte, und musste lachen. Andreas lud alle auf seine Rechnung zum Essen ein. Später, als sie gegangen waren, sagte er, dass er es besser machen wollte als sein Onkel, und er fragte mich, ob ich ihm mit meinen mathematischen Fähigkeiten nicht helfen könnte.

Andreas kam mir vor wie ein völlig unkonzentrierter Schüler, der mit einem Leuchtstift alles anmalt und sich freut, wie alles hell leuchtet, und nicht merkt, dass das Angestrichene überhaupt keinen Sinn ergibt, und zur Lehrerin sagt: »Aber die Muster sind doch hübsch!«

Man kann gern nach dem Gegenteil von Hund fragen. So richtig schlau ist das aber nicht. Für gewisse Sachen gibt es einfach kein Gegenteil. Was ist das Gegenteil von Parlament? Was ist das Gegenteil von reich? Weiß man das wirklich? Ist es: kein Geld haben, arm sein, tot sein? Oder ist es: so reich sein, dass Geld keine Rolle mehr spielt?

Ich lag gemütlich in meinem Bett. Auf dem Fußboden sah ich in einem Kreis angeordnet meine Socken, Schuhe, Hosen, mein Smartphone, ein T-Shirt, Unterwäsche. Es wirkte, als hätte jemand alles für mich zurechtgelegt. Mein Smartphone vibrierte, ich sah einen Kalendereintrag, 10.15–12.15, Hörsaal 201/G, Professorin E. Es war früher Herbst, der Genfersee noch warm genug zum Schwimmen. Ich verließ das Studentenheim Maison des Cèdres und ging los.

Mein Smartphone vibrierte schon wieder, und Andreas meldete sich: »Hallo, Häschen!«

»Ich bin kein Häschen, und ich habe gerade keine Zeit«, antwortete ich, und bald saß ich im Hörsaal und wurde von Professorin E. begrüßt. »Sie alle sind im ersten Semester«, sagte sie auf und ab gehend mit angenehmer Stimme und in schnellen Sätzen. Es hieß über Professorin E., dass sie sich in ihrer Freizeit um Kakteen und andere Pflanzen kümmere, dass sie sehr gut male, gern Beethoven höre und sehr albern sein könne. »Meinen Glückwunsch dazu. Was Sie nicht wissen, ist, dass dieses Studium der Volkswirtschaft auf einfache Weise die Struktur unserer gesamten Gesellschaft spiegelt, die Mechanismen dessen, was eine Gesellschaft in ihrem Innersten zusammenhält. Niemand ändert sein Leben, weil im Jahr 2072 aufgrund eines bestimmten CO_2-Gehaltes in der Atmosphäre in der Arktis irgendetwas umkippt, das ist viel zu abstrakt. Macht euch ruhig Sorgen, dass die Menschen aus ihrer ›Alles-muss-wachsen-Welt‹ nicht mehr herausfinden. Seid besorgt, dass auch die Welt selber nicht mehr aus dieser Schlaufe rausfinden wird. Nichts sagen und nichts tun ist keine Option. Wozu muss eine Gesellschaft überhaupt noch wachsen? Lasst eurer Phantasie freien Lauf. Streitet mit jedem stumpfen Rechthaber-Narren, der euch begegnet. Ihr seid bei mir gelandet, weil ihr Mathematik und Statistik studieren wollt und weil ihr Szenarien mögt. Volkswirtschaftliche Szenarien, Modelle, die Ereignisse behandeln, die ziemlich unwahrscheinlich sind, deren Eintritt aber ungeahnte Folgen für die Welt oder für einzelne Menschen haben können, das machen wir hier. Das darf auf euch gern wirken wie sich Märchen ausdenken. Nur dafür habe ich diesen ganzen Lehrstuhl hier erfunden und ihn Theorie der Finanz- und Wirtschaftspolitik genannt. Studiert ruhig parallel Philosophie, Mathematik und Physik, verbindet alles, was euch hilft. Es ist möglich, dass ihr euch zu Beginn des Studiums als ein wenig seltsame, schüchterne Kreaturen fühlt und dass ihr den Großteil eurer Zeit mit dem Erfinden und Durchrechnen eurer Szenarien und Modelle verbringt, ohne den Wunsch zu haben, eure Szenarien groß weiterzuverbreiten. Das ist völlig normal.

Ich werde euch aber ermutigen, immer und immer wieder zu Konferenzen zu fahren und Vorträge zu halten. Ich habe meinen letzten Vortrag vor wenigen Tagen vor dem ESM gehalten, dem Europäischen Stabilitätsmechanismus. Am Empfang saßen nur gut gekleidete Menschen. Es gab aufwendig fabrizierte Badges aus Hartplastik, edel gemacht mit Prägedruck, das Hearing des ESM fand in einem großen Saal statt. Akustik top, bequeme Stühle, adaptive Beleuchtung, alles der letzte Schrei. Abends nach den Vorträgen konnte man alle Unsicherheiten bezüglich des gemeinsamen EU-Währungsraums aus dem Weg trinken. Ich sollte über Staatsverschuldung sprechen, aufzeigen, was die gigantischen Handelsdefizite Europas mit den Bewohnern der Länder machen. Ich wollte mit meinem Szenario eigentlich nur zeigen, dass ein Staat anders mit dem Schuldenmachen umgeht, wenn er weiß, dass seine Bürger auch darüber informiert sind, was läuft. Niemand will in einem Staat leben, der sich dauernd Geld von anderen ausleiht, ohne es je zurückzahlen zu wollen! Niemand findet die Haltung ›Schulden sind kein Problem, solange man sie nicht zurückzahlen muss‹ gut. Glaubt mir, während meines Vortrags war mehr als einmal ein Schnauben zu hören. Ein Vertreter aus Griechenland meldete sich und fragte, warum alle immer auf den armen Ländern rumhacken würden. Er sagte, er wäre auch lieber reich statt arm. Und er verstehe natürlich schon, dass alle reichen Länder ängstlich darauf warteten, dass man ihnen eines Tages sagen würde: ›Hey, ihr habt euren Reichtum gar nicht selber verdient und müsst ihn deshalb nun abgeben.‹«

Ich war von der Semestereröffnung begeistert, mir gefiel, wie Professorin E. als Dirigentin vor uns Studierenden stand und aus uns allen ein wunderbares Orchester machen wollte. Im Hörsaal war es still geworden, alle folgten ihren Ausführungen. Meine Hände wurden immer heißer, Professorin E.

erläuterte weiter, wieso es keinen Sinn machte, hoch verschuldeten Ländern bei der Refinanzierung ihrer Schulden mit Rabatten zu helfen. Ich öffnete meine Hände und formte eine kleine Schale und schaute kurz in meine Handflächen.

»Wenn eine Regierung von privaten Investoren einen bezahlbaren Zinssatz für geliehenes Geld angeboten bekommen möchte, was tut sie dann?«, fragte Professorin E. Ich wartete eine Sekunde und antwortete: »Diese Regierung tut gut daran, bestehende Schulden anzuerkennen, logisch, oder?«

»Aber was tun die meisten Regierungen?« Professorin E. schaute wieder in meine Richtung, ich wusste nicht, ob sie an einem Wortwechsel mit mir interessiert war.

»Die meisten Regierungen machen ihren Bürgern vor, dass es völlig okay ist, die Finanzen zu frisieren, um an immer neues Geld zu viel zu günstigen Konditionen zu kommen«, sagte ich. »Natürlich«, nickte Professorin E. Ein Studierender mit hochrotem Kopf meldete sich: »Aber das kann doch nicht ernsthaft als Lösung propagiert werden, einfach die Schulden anwachsen zu lassen, ohne die Absicht, auch nur einen Bruchteil davon zurückzahlen zu wollen. Damit riskiert man doch eigentlich die ganze Währungsunion.«

»Ganz richtig«, nickte Professorin E. und berichtete, wie es beim Europäischen Stabilitätsmechanismus zu kuhstallähnlichen Buhrufen gekommen war, als sie kurz vor Abschluss ihres Vortrags über die fünf Schritte zur Staatspleite referierte.

»Ich habe dazu eine schöne Animation gemacht, die ich euch auch gern zeigen möchte«, und schon gings los. Es folgte ein Soundtrack aus einem Actionfilm in ohrenbetäubender Lautstärke, dazu sprach Professorin E. immer schneller: »Also. Das geht ganz einfach. Zunächst gewinnt ein Sektor durch schuldenfinanziertes Wachstum an Fahrt und Höhe. Sagen wir, es ist die Finanzindustrie, die sich wahnsinnig stark verschuldet und die für ihre Schulden praktisch nichts bezahlen muss. Ein schlecht reguliertes Finanzsystem tendiert immer dazu, in diese ungesunde Flughöhe zu geraten. Die Ausweitung der Verschuldung auf andere Branchen folgt, Geld ist so billig, dass man damit den Konsum und sogar die Investitionen, die Verschiebung des Gelds in immer neue Anlagevehikel, ankurbeln kann, und alle applaudieren. Niemand sagt: Achtung, Überhitzung! Niemand sagt, dass die ganze wackelige Struktur einzig auf einem Fundament aus Riesenschulden steht.«

Ich sah im Augenwinkel einen Haustechniker in den Hörsaal kommen, vermutlich angelockt durch den ohrenbetäubenden Lärm der Einspielung. Der

Haustechniker versuchte verzweifelt, die Tonanlage in den Griff zu bekommen, der Soundtrack dröhnte aber einfach weiter, und Professorin E. schien es überhaupt nicht zu kümmern: »Die zweite Phase verwandelt die Euphorie in Misstrauen, erste Liquiditätskrisen treten auf. Neues Geld ist nicht mehr so einfach erhältlich, Kreditnehmer, die fällige Kredite refinanzieren wollen, geraten in Verzweiflung. Märkte brechen zusammen, die Party ist vorüber, Firmen, Banken, Haushalte, Staaten finden keinen Stuhl mehr, wenn die Musik aufhört zu spielen. Die dritte Phase beginnt. Mehr und mehr Verkäufer treten auf, Aktien, Häuser, Anleihen, alles wird auf den Markt geschmissen, die Vermögenswerte stürzen ab!«

Ich bekam wieder ganz heiße Hände und sah, dass einige Studierende in meiner Nähe begannen, sich an den Kopf zu fassen, der Soundtrack kam dem Finale näher: »Vierter Schritt: Allgemeines großes Fürchten, Rückgang des Konsums und der Investitionen. Die Krise breitet sich aus. Was eine Finanzkrise hätte bleiben können, greift nun auch auf die Realwirtschaft über. Unternehmen werden geschlossen oder verkleinert. Jobs gehen verloren, die Arbeitslosigkeit wächst. Bravo! Und für alle zum Mitschreiben: Fünftes und letztes Stadium vor der Totalpleite. Die Ansteckung greift auf die

Staatsfinanzen über. Staaten beginnen, ihre Banken, Airlines, Versicherungen und anderes zu retten. Steuereinnahmen gibt es keine mehr, während die Ausgaben zur Behebung der Krise explodieren und die Währung durch Inflation kaputtgeht.«

An dieser Stelle brach der Soundtrack abrupt ab. Professorin E. blieb kurz sprachlos wie ein Aufziehspielzeug mit Schlüssel im Rücken stehen. Dann begann sie, laut zu lachen, und verließ den Hörsaal. Ich stand sofort auf, hüpfte die Stufen des Hörsaals nach unten, folgte Professorin E. in sicherer Distanz. Ich hörte ihr Lachen, sah, wie sie mitten im Korridor stehen blieb, sich streckte, die Streckung wieder auflöste, ihre Wirbelsäule wölbte, die Arme affenartig am Körper nach unten hängen ließ, schließlich ihre Knöchel umfasste und in dieser Dehnung stehen blieb.

Ein Assistent kam vorbei und schüttelte irritiert den Kopf, Professorin E. ging weiter, und als sie ihren Schritt vor der Bürotür verlangsamte, berührte ich sie an der Schulter. Sie drehte kurz den Kopf. Ich hatte bisher nur meine Mutter in Trance gesehen. Ich klopfte Professorin E. noch mal leicht auf die Schulter, ließ meine rechte flache Hand dreimal ganz leicht über ihren Nackenwirbeln kreisen. Sie schaute mich irritiert an, war nun wieder ganz anwesend und sagte: »Machen Sie sich keine Sorgen, Sie werden schon bald auch auf einer großen Bühne tanzen!« Dann packte sie eine Riesenzigarre aus ihrer Tasche und verqualmte den ganzen Korridor, die Umrisse ihres Körpers verschwanden, die Wände des Korridors verschwanden.

Ich tastete mich durch den Qualm weiter und hörte Professorin E. laut lachend rufen: »Eine rein wissenschaftliche Ausbildung ohne spirituelle Ausbildung ergibt überhaupt keinen Sinn. Es wird Ihnen niemand zuhören, auch wenn Sie noch so plausible Fakten haben.« Ich musste husten, der Qualm war beißend, ich bekam Angst. Plötzlich spürte ich Hände auf meinem Schädel: »Haben Sie keine Angst. Ich habe feuerfeste Hände, ich kann Sie jederzeit beschützen!« Der Qualm verzog sich, ich drückte meine Nase in meine Achselhöhlen, da war nichts, meine Kleider konnten unmöglich in diesem beißenden Qualm gewesen sein. Wieder spürte ich eine Hand auf meinem Schädel. »Sind Sie das?«, rief ich in den Korridor. Es hatte etwas Unschuldiges, es klang wie Kinderrufen, ich drehte mich noch einmal um, keine Spur von Professorin E. Ich ging zurück ins Studentenheim.

Die Erde ist kein Kindergarten, und es reicht nicht, in seinem persönlichen Theaterstück eine vollendete Rolle spielen zu wollen. Die Erde ist ein Garten mit wilden Tieren, wilden Pflanzen, Parasiten, Viren und Menschen. Es hat Platz für alle. Die Erde ist voller Leben!

Der Teekocher fauchte und vibrierte, dazu hörte ich klassische Musik. Andreas' Anruf zog mich nur halb aus dem Konzert. Drei Krähen hockten vor dem Fenster auf einem Baum, eine hüpfte auf dem Ast auf und ab, die zwei anderen schauten ihr dabei zu. Ich schaltete mein Smartphone auf Lautsprecher.

»Hör mal, Häschen, hast du 40 000 Franken? Ich habe etwas gehört, das mir extremst gut gefällt!«

Vor dem Fenster sah ich auf einmal statt der drei Krähen eine Katze auf dem Baum, dann Schmetterlinge, so groß wie Teller, dann wieder drei Krähen.

»Hörst du mir zu?«, hörte ich Andreas Stimme.

»Ich habe eine Information von meinem Analysten-Team, die machen ja nichts anderes als sich Szenarien anschauen und bewerten, auf die der Markt massiv reagieren wird. Häschen, das ist eine ganz sichere Nummer!«

»Also eine Wette?«, fragte ich und rieb mir die Augen. Ich nahm das Smartphone mit ins Bad und drehte die Dusche auf.

»Was soll das jetzt? Ich habe gesagt: ein Szenario, keine Wette. Es sind einfache Informationen, die bei Bekanntwerden zu hohen Kursausschlägen führen werden.«

»Nein danke!«

»Kannst du mal deinen Störsender ausschalten?«

»Nur wenn du zugibst, dass du mir einfach eine Wette vorschlagen willst, die auf Insiderwissen basiert.«

»Also gut! Von mir aus: eine Wette! Häschen! Willst du eine Wette machen?«

In Andreas' Stimme klang Hoffnung. »Wir können uns auf alles einigen, du kannst das nennen, wie du willst. Ehrlich.«

»Nein danke«, sagte ich noch mal und stieg unter die Dusche. Andreas konnte nicht verstehen, dass ich kein Geld verdienen wollte, vor allem nicht, wenn ich dafür nichts tun musste. Ich lebte wie eine Jungerdbeere ganz unbehelligt von all dem Geldverdien- und Reichwerdezeug. Die Dusche rauschte wild.

Die Aktienmärkte um Andreas herum und auch die in weiterer Ferne kannten nur eine Richtung: nach oben. Praktisch jeder, egal ob Gärtner, Lehrer, Taxifahrer, Maler, Coiffeur, Verkäufer, Versicherungsangestellter, Rentner, Dachdecker, Zahnarzt oder Künstler, dachte, dass er, ausgestattet mit einem Abo einer Wirtschaftszeitung, ein paar Informationen von irgendwelchen Internetportalen und einem schnellen Internetzugang, zum Trader und vor allem reich werden konnte.

Meine Antwort auf Andreas' Einladungen, dabei doch auch mitzumachen, war immer wieder: »Nein danke! Nein danke!«

Jeden Tag kam eine neue Firma an die Börse und sammelte in kürzester Zeit Riesenbeträge an, jeden Tag war von einem neuen Börsenmillionär oder einer neuen Börsenmilliardärin die Rede.

Ich fand die Idee interessant, dass 90 % der Menschheit an die Börse wollten. Ich fand die Idee gut, dass viele nur investieren wollten, damit sie mit den möglichen Gewinnen unabhängiger werden. Zum Beispiel von Jobs, die sinnlos waren. Ich verstand, dass viele Menschen lieber nicht mehr zur Arbeit gehen wollten, als sich jeden Tag schlecht motiviert aus dem Bett zu quälen, nur um sich dann schon vor der Mittagspause zu betrinken. Ich glaubte aber nicht, dass die Gesellschaftsform des totalen Kapitalismus dafür auch nur den Hauch einer Lösung bot. Diese Idee funktionierte nur, wenn man von einem ewig dauernden Wachstum ausging, und auch das schien mir ein reichlich esoterisches Konzept, zu dem ich ebenfalls gern und oft »Nein danke!« sagte. Und weil »Nein danke!« bei Andreas nicht funktionierte, fragte ich ihn regelmäßig: »Wann kommt der Bär? Der Bär, der alle deine Gewinne auffrisst!«

Für Andreas gab es keinen solchen Bären. Ich hörte ihn lachen.

»Bitte nicht wieder diese Bärennummer!«

Ich konzentrierte mich, stieg aus der Dusche.

»Ich lege mich jetzt aufs Bett. Ich habe nichts an.«

Ich hörte Andreas stöhnen.

»Wäre es dir lieber, wenn ich etwas anhätte?«

»Das ist mir scheißegal«, sagte Andreas hastig.

»Ich könnte schwarze Unterhosen …«

»Nackt ist gut.«

»Also gut.«

Ich hörte, dass Andreas ruhig wurde.

»Stell dir vor«, begann ich, »ein sehr, sehr reicher Mensch weiß, dass er in seinem Safe einige wahnsinnig teure Diamanten hat, und nun erleidet dieser Mensch einen kompletten Gedächtnisausfall.« Andreas grunzte, während ich weitererzählte.

»Der Typ kann sich an nichts erinnern, alles löst

sich auf. Wie wertvoll sind nun die Diamanten für diesen Typen?«, fragte ich.

»Das ist genial, der Typ hat seinen Safe vergessen, es gibt keine Diamanten mehr, super! Null sind die wert, ist doch logisch!«

Wir lachten zusammen. Ich versuchte, in Andreas' Gedanken zu gelangen. Ich bearbeitete ihn weiter. Er würde sich später zwar erinnern, dass er mich angerufen hatte, er würde aber nicht mehr wissen, was er von mir gewollt hatte.

»Mikka, bist du das?«, fragte er verwirrt.

»Ja, das bin ich! Leg mal dein Smartphone weg und schalte den Lautsprecher aus, und sag mir dann, ob du mich immer noch atmen hören kannst.«

»Ja, es ist völlig verrückt, ich höre deine Atemzüge in meinem Büro. Wie geht das?«

»Das ist nicht schwierig«, sagte ich. »Wenn du es einmal gemacht hast, kannst du es jederzeit wieder tun.«

Ich streckte meine Hand nach vorn, mein Zimmer war für einen kurzen Moment in rosa Licht getaucht, dann machte ich zu meiner sanften Handbewegung »Sch-sch-schschschsch« und verscheuchte Andreas wie ein Huhn aus der Leitung.

Ich seufzte theatralisch und setzte den Teekocher erneut in Betrieb. Ich wünschte mir, die Beziehung zu Andreas ohne weitere größere Auseinandersetzungen auf die nächste Ebene bringen zu können, wo wir uns weich, nachgiebig und behaglich begegnen konnten und unsere Grenzen respektieren würden. Andreas würde jetzt vermutlich den ganzen Tag in seinem Büro sitzen, ab und zu auf das Display seines Smartphones schauen und versuchen, sich zu erinnern, wieso meine Nummer auf der Anrufliste war.

Als ich ihn später noch mal anrief, stand er gerade in der Luxus-Toilette der Debit Bank Swiss und wässerte sich die Stirn.

»Ich habe dir das letzte Mal nicht richtig zugehört, das tut mir leid«, begann ich. »Ich habe zu schnell rotgesehen und dich nur noch als doofen Anzugmann wahrgenommen! Und mich dann darüber aufgeregt«, log ich.

»Kenn ich«, sagte Andreas.

»Kennst du?«

»Ja! Ich rege mich auch viel zu leicht auf.«

»Und ich dachte immer, das gehöre zu deiner Arbeitsmethode!«

Andreas schwieg.

»Schließ bitte die Augen und öffne leicht deinen Mund!«

Ich konzentrierte mich auf meine Hand.

»Auf meinem Smartphone leuchtet das Display rosarot, machst du das, Mikka?«

Ich bejahte und forderte ihn auf, seine Super-Idee noch mal zu erzählen.

»Ich weiß, dass du vermutlich nicht mitmachen wirst«, sagte Andreas, dann saß er wieder fest in seinem Formel-1-Börsen-Rennwagen. Ohne Vorsicht, ohne jeglichen Austausch mit einem richtigen Rennfahrer. Ich war ratlos. Es setzte sich doch niemand in einen Boliden, wenn er ihn nicht steuern konnte, außer dieser Jemand hatte ausgeprägte Suizidgedanken und freute sich auf seinen Abtransport Richtung Friedhof.

Andreas sagte immer, wenn vorn im Flugzeug ein richtiger Pilot sitze, brauche man keine Angst zu haben. Der Pilot habe eine solide Ausbildung, und alles werde gut herauskommen. Ich machte Andreas darauf aufmerksam, dass der Vergleich nicht so schlau sei.

»Wenn man einmal in einem Flugzeug sitzt und es gestartet ist, kann man zur Eindämmung der Angst nicht einfach aussteigen, oder?« Andreas begann zu zögern, ich nutzte den Augenblick und löschte die letzten zehn Sekunden unseres Gesprächs in seiner Erinnerung. Er hatte wieder keine Ahnung, warum wir telefonierten.

»Man kann nicht immer weiter tanzen und sagen: ›Applaus, noch mehr, Applaus, noch höher, Applaus, noch weiter‹, das wird nicht gut gehen. Irgendwann wird der Typ mit der Gießkanne kommen und alles ertränken, oder es kommt eine Typin mit einem großen Gewehr, *pam-pam-pam*, und macht alles nieder. Wir sollten uns lieber alle etwas bremsen. Das Ziel müsste eine kollektive Bremse sein. Verstehst du?«

»Oh Mann, woher nimmst du immer diese Gedanken?«, fragte Andreas begeistert.

»Die Welt ist völlig aus den Angeln, da kann man doch nicht einfach weiter flanieren. Da muss man doch mal auf die Bremse treten! Andreas! Andreaschen, Andreaslein, hörst du, lieber, lieber Andreas. Bremsen, aussteigen, Pause, nicht immer weiter, weiter, weiter, weiter.«

»Ich glaube aber an den technologischen Fortschritt, das ist ein tiefer, fester Glaube, den ich habe. Ist das schlecht? Soll ich an was anderes glauben? Ich glaube sonst nichts.«

»Du könntest zum Beispiel mit mir zusammen glauben, dass die Welt völlig am Arsch ist.« Ich hörte Andreas losprusten. »Darüber solltest du nicht lachen! Ich habe echt Angst, dass niemand es merkt! Andreas. Dass niemand merkt, wie wir alle am Arsch sind.«

Ich erschrak, als Andreas nun laut wurde und losbrüllte: »Das ist völliger Blödsinn, das ist Gurkensalat. Jetzt hörst du mir mal zu. Ich habe nicht den

Eindruck, dass du mir bis jetzt wirklich zugehört hast. Du bist doch ein nettes Häschen? Oder?«

Ich löschte bei Andreas wieder zehn Sekunden unseres Gesprächs.

Andreas' Job als Vermögensverwalter bei der Debit Bank Swiss für »Vermögende ab zehn Millionen« erfüllte ihn nur halb. Ich hatte seine Instagram-Posts gesehen, wie er mit dem Fuß auf seinem Tablet rumdrückte und so online einkaufte. »Zufallsshopping mit dem Fuß« stand als Legende darunter, und eingeblendet die Beträge, die von seiner Revolut-Karte abgebucht wurden. 140 Euro für einen Koffer, 300 Euro für irgendeinen Roboterstaubsauger, 200 Euro für eine Suunto-Uhr, auch die restlichen Beiträge auf Andreas' Insta-Account sprachen nicht gerade für ein ausgeglichenes Berufsleben, eher für eine mittlere depressive Verstimmung.

»Hör mal, Andreas. Es geht mir wirklich nicht darum, ob ich gut finde, was du tust! Es geht mir darum, dass diese ganze Angelegenheit völlig aus dem Ruder läuft und dass niemand etwas dagegen unternimmt. Und wir zwei können das nachhaltig ändern! Andreas, darum geht es mir.«

Ich streckte wieder meine Hand nach vorn, es knisterte in seinem Büro, bläuliches Licht legte sich auf seinen Tisch. Andreas stand auf, während die Lichter in den 241 Studentenwohnungen zu flackern begannen, Türen auf- und zugingen, bald 100 Studierende auf den Fluren standen und aufgeregt über den Stromausfall diskutierten. Andreas hielt sein Smartphone fest in der Hand und schaute fasziniert aufs Display. Dort sah er ein Video einer Konferenz, ein großer Saal mit 400 Menschen, er selber stand vorn auf der Bühne. Im Publikum das gesamte Kader der Debit Bank Swiss, Andreas hörte sich selber mit einem gewaltigen Hall sprechen:

»Kaufen, kaufen, kaufen. Fressen, fressen, fressen, dann darüber jammern, dass man gekauft oder gefressen wurde. Reicht uns das? Die Welt, die ruft: ›Ich fresse mich gleich selber auf!‹ Ist es das, was wir wollen? Ja? Nein? Ich will das nicht. Ich bin das Universum, und ich fresse mich gleich selber auf. Das will ich nicht. Ich bin bereit für den nächsten Zyklus!«, rief Andreas ins Publikum, das reihenweise aufstand, während er auf der Bühne auf und ab ging. Ich verlor meine Kraft, die Übertragung wurde schwächer, schließlich sank ich zusammen, das blaue Licht verschwand, Andreas schaute zweifelnd auf den Bildschirm seines Smartphones, legte es weg und rieb sich die Augen. Ich musste mich hinlegen. Das bläuliche Licht verschwand ganz, die Lichter hörten auf zu flackern.

Ich rief Andreas noch einmal an und schaltete

diesmal die Kamera ein. »Wow, endlich mal nicht dieser untertriebene Kleidungsstil. Super!« Andreas hasste diese bewusste Harmlosigkeit, meinen Kult der Fahrlässigkeit, er fand die vorgetäuschte Achtlosigkeit und Unauffälligkeit völlig lächerlich. Er war voll und ganz der Alte und versuchte wieder, mir seine Super-Idee aufzutischen.

»Das kommt fast nie vor, eine Zehn als Bewertung! Meine Anlagespezialisten geben mir nur diese Zahl. Keine weiteren Infos, ich bin so explizit von jeglichen Infos abgeschnitten! Haha!«

»Ja. Haha! Das ist genial, irgendwelche Leute füttern irgendein Bewertungssystem, und raus kommen Zahlen zwischen eins und zehn, und je höher die Zahl, desto besser! Spinnst du eigentlich!«

Andreas lobte den Complience-Juristen, der wie eine Dampflokomotive kiffte und sich diese Konstruktion ausgedacht hatte.

»Das ist sicherer als jeder Burggraben! Ich möchte keine weiteren Diskussionen. Zehn ist wirklich sehr, sehr selten. Verstehst du das Häschen, da gibt es nichts mehr dran auszusetzen!«

»Dann wollen wir dein System doch mal ordentlich ausnutzen«, schlug ich vor, weil ich keine Kraft mehr hatte, Andreas Widerstand zu leisten.

»Genau! Stell dir vor, du sitzt jeden Tag am Klavier und kannst nur den Flohwalzer spielen. Und dann, eines Morgens, stehst du auf und spielst wie Rachmaninow! Die meisten Menschen geben zu früh auf!«

Ich kniff mir in die Wange, zuckte mit den Schultern. Ich wusste nicht mehr, was sagen, und nickte einfach brav ins Smartphone.

Einen Tag später lag eine Identifikationsnummer in der Post, die ich für die digitale Kontoeröffnung brauchte. »Hallo, Häschen. Bitte postwendend erledigen! Du weißt ja, wenn Andreas eine Angelrute auswirft, dann …« Mit welchem Gesichtsausdruck Andreas diese Notiz wohl dem Brief beigefügt hatte? Ich hoffte, lachend. Vermutlich hat er durch seine goldumrandete Brille geschaut und an mich gedacht. Andreas hatte fast alles schon wundervoll ausgefüllt und erfasst. Kein Abmühen mit stupiden Eingabe-Masken war nötig.

Das Konto war blitzschnell eröffnet, und unter Kontoname trug ich »Onnepekka Pankki« ein. Das war Finnisch und hieß »Glückspilzbank«, jedenfalls ungefähr.

Können wir es uns leisten, auf gewisse Fragen einfach zu sagen, das interessiert uns nicht? Eine Gurke würde das vielleicht akzeptieren, einfach nichts zu fragen, das stimmt. Eine Gurke würde keine Fragen stellen. Es ist nicht in ihrer Natur, Fragen zu stellen. Aber wir Menschen?

Professorin E. war in Hochform, jede Bemerkung aus dem Hörsaal quittierte sie mit der Salve »Warum nicht«, sie ging vorn in kleinen Kreisen umher, als sie uns ihr aktuellstes Szenario erläuterte. »Nicht nur in der Oper wünschen wir uns das Leben als eine Geschichte, die ein gutes Ende nimmt«, hatte sie ihre Vorlesung eröffnet. Das Szenario wollte sie später einigen Geschäftsführungsmitgliedern der größten Schweizer Banken präsentieren.

Die Vorlesung begann mit einem Einspieler, wieder in ohrenbetäubender Lautstärke.

»Das war die chinesische Hymne ohne Text«, sagte sie. »Schließt bitte mal kurz die Augen, und stellt euch in Gedanken eine Schlange vor«, machte sie weiter. »Haltet die Schlange mit beiden Händen fest. Sie ist nicht gefährlich. Die Schlange gehorcht euch. Haltet sie an Hals und Schwanz fest. Die Schlange bewegt sich.« Professorin E. begann zu lachen und sagte laut: »Ha! Ihr seid erschrocken! Ihr habt Angst, eine lebendige Schlange in den Händen zu halten. Stellt euch nun vor, die Schlange in euren Händen sei aus Gold«, sprach Professorin E. mit feiner Ironie weiter. »Ich möchte, dass ihr eure goldene Schlange nun genau anschaut. Sie kann euch nichts tun, weder beißen noch sonst was. Lasst sie los und sagt laut: ›Keine Schlange kann mich je verletzen.‹« Die meisten der Studierenden hielten die Augen immer noch geschlossen.

Professorin E. fuhr fort: »Stellt euch nun den chinesischen Staatspräsidenten Xi Jinping vor. Wie er vor euch sitzt, wie ihr über seine schwarzen Haare streichen könnt, wie er vielleicht sogar wie eine Katze zu schnurren beginnt.« Professorin E. bekam einen tagträumerischen Blick, schaute etwas schwermütig und kicherte: »Das Szenario, das ich euch heute präsentiere, heißt: ›Im Osten lärmen, im Westen angreifen‹. Es zeigt, was sich der chinesische Präsident Xi Jinping zum hundertsten Geburtstag des Gründungsjahres der Kommunistischen Partei vorgenommen hat und wie er dieses 111. Jahresziel für China erreichen will. Pünktlich zum Geburtstag will der Präsident seine Volkswirtschaft in Bestform sehen. Bis zum 111. Gründungstag der Volksrepublik möchte er das Pro-Kopf-Einkommen auf das Niveau eines richtigen Schwellenlands heben, irgendwo in der Nähe von Russland oder Mexiko oder der Türkei. Damit ihm das gelingt, muss Xi Jinping vorher für eine massive Abkühlung seiner und anderer Volkswirtschaften sorgen. Er muss, und das ist ebenfalls eine absolute Premiere, absichtlich eine Rezession auslösen. Präsident Xi Jinping weiß lange nicht, wie er das anstellen soll. Seine Berater im In- und Ausland bekommen das Zittern und haben Angst, dass er sie alle in einen Kerker in der endlosen chinesischen Pampa stecken wird. Xi Jinping ist bereit, für die Wiedergeburt seines Landes nach dem 111. Geburtstag wirklich alles zu tun. Er probiert es mit einem Handelskrieg gegen die USA, findet schließlich aber in einer gut lancierten Virus-Epidemie die adäquate Lösung. Diese Krise soll mehrere Monate dauern und möglichst massive wirtschaftliche Schäden anrichten. Lieferketten sollen unterbrochen werden, der Konsum mittels pandemieverhindernder Maßnahmen zum Schrumpfen gebracht werden.«

Das Szenario von Professorin E. sah weiter vor, dass die Epidemie zuerst in China wütet, damit

Xi Jinping auf die nachfolgende Erholung von der Krise einen Vorsprung von mindestens zwölf Monaten hätte. Xi würde gleichzeitig auch hart gegen die großen Technologieunternehmen Alibaba Group Holding Ltd., Tencent Holdings Ltd. und den führenden Anbieter von Mitfahrgelegenheiten Didi Global Inc. vorgehen, damit China vom »fiktiven Wachstum« zu »echtem Wachstum« zurückgehen könnte.

Seine Idee war »Wohlstand für alle« statt »schnell reich für wenige«. Der chinesische Staat sollte sich mit seiner kompetenten Beamtenschaft in schönen, wenn auch etwas steifen Uniformen präsentieren, wie er zuerst das Gesundheitsproblem in den Griff bekommt und dann die Wirtschaft wieder zum Leben erweckt. Xi Jinping war richtig begeistert von seiner Idee. Er würde zuerst einige europäische Partner wie Griechenland, Spanien und Frankreich empfindlich schädigen, um dort danach mit dem großen chinesischen Investorenportemonnaie die Runde machen zu können.

Um die USA bräuchte sich Xi gemäß Professorin E. nicht zu kümmern, die würden sich selbst genug um ihren Niedergang kümmern. Jetzt stand Professorin E. am Rand des Hörsaals und sprach einen Studenten direkt an: »Xi Jinping weiß, dass China die am höchsten entwickelte Gemeinschaft ist, da lässt er sich von niemandem reinreden, oder was denken Sie?«

Der Student sagte, dass er ganz begeistert davon sei, dass es da eine Volkswirtschaft gebe, die Fragen der Tradition ernster nehme als Konjunkturzyklen, Wachstum und dergleichen. Schließlich fragte er Professorin E.:

»Was machen eigentlich die Europa-Präsidenten in Ihrem Szenario, während der China-Präsident seinen Geburtstag vorbereitet?«

»Die haben nur ihre eigene Wiederwahl oder den Verbleib in der Regierung im Kopf.«

Ich wollte wissen, was mit dem amerikanischen Präsidenten sei. Professorin E. kicherte: »Das habe ich schon angedeutet: Dieser neofaschistische Gangster flambiert seine Volkswirtschaft. Er senkt ohne Not die Steuern, in einer Phase der Vollbeschäftigung. Das führt zu lehrbuchmäßiger Inflation, zu noch mehr Armut am einen und noch mehr Reichtum am anderen Ende. Und, fast noch wichtiger, die fehlenden Steuern schwächen den Staat und dessen Infrastruktur enorm. Und, wenn er dann mit Vollgas in die Gesundheitskrise schlittert, geben ihm soziale Unruhen den Rest.«

»Neofaschistischer Gangster«, sagte ich für mich und war erstaunt, dass Professorin E. mich hören konnte.

»Ja, ein Gangster ist jemand, der glaubt, dass er sich alles erlauben kann. Ein Gangster kennt keine Haftung. Ein Gangster übernimmt nicht einmal Verantwortung für sich selbst. Ein Heuchler weiß um die Unterschiede zwischen Realität und Fiktion. Für den Gangster ist alles dasselbe.«

Der ganze Hörsaal applaudierte, war hingerissen. Nach den Vorlesungen waren die Gänge regelmäßig verstopft, weil viele Studierende Professorin E. möglichst nahe kommen wollten, um noch mehr Details zu erfahren.

Ich beobachtete die Szene, und wieder zog Professorin E. eine Riesenzigarre aus der Tasche und verqualmte trotz striktestem Rauchverbot den ganzen Korridor, und wieder verschwanden die Umrisse ihres Körpers, und die Studierendenschar blieb verwirrt zurück.

»Du solltest dringend in eine Vorlesung von Professorin E. kommen«, schrieb ich Andreas, der sofort antwortete, ob ich der Professorin nicht eine kleine Delegation ankündigen könnte. Als ich mich umdrehte, sah ich Professorin E. wieder aus dem Rauch auftauchen und heftete mich an ihre Sohlen. Ich weiß nicht, wie sie es machte, aber ich musste wie eine Irre rennen, um sie einzuholen.

»Sie sind die Erste, der es gelingt, mich zu verfolgen«, sagte sie lachend.

Ich wollte ihr erklären, warum ich einen Freund aus dem Gymnasium, der jetzt bei einer Bank arbeitete, gern in eine Vorlesung mitbringen wollte. Sie unterbrach mich: »Schlagen Sie Ihrem Freund die nächste Vorlesung vor, da wird es noch mal um Schulden gehen, das passt gut zu einer Bank. Und sagen Sie ihm ruhig, er dürfe auch seinen dicksten Kollegen mit den dünnsten Ärmchen und der größten Uhr mitbringen. Schreiben Sie: »Herzliche Grüße, es klappt, 10.15–12.15, Hörsaal 201/G«, und weg war Professorin E.

Ich erinnere mich noch, dass Andreas und Robin zusammen mit insgesamt vier Personen auftauchten und tatsächlich einer ihrer Begleiter sehr füllig war, dünne Arme hatte und eine Riesenuhr am Handgelenk trug. Professorin E. referierte über die Subprime-Krise von 2007, Andreas' Kollegen nickten die ganze Zeit.

»Sie erinnern sich sicher gut«, sprach sie Andreas direkt an. »Bei den schlecht geprüften Hypothekarkrediten kam es zu immer größeren Zahlungsausfällen, und das Kreditkartenhaus brach auch zusammen!«

Der dicke Mann mit den dünnen Ärmchen wollte etwas fragen. Professorin E. schaute ihn an, ohne die Frage abzuwarten: »Ja, ja, ich hatte auch so einen Onkel, dessen Haus zwangsversteigert wurde. Der hat einen großen Hammer und allerlei gröberes Werkzeug genommen und das ganze Haus von Hand abgerissen. Als die Polizei dann endlich auftauchte und ihm die Räumungsklage zustellen wollte, war das Haus so gut wie zerstört, nur die Garage stand noch. Mein Onkel erklärte der Polizei, es spiele für ihn keine Rolle mehr, ob er nun noch mehr Schulden hätte, weil sein Haus nicht mehr verwertbar sei. Ob 400 000 oder 800 000, das spiele nicht die geringste Rolle. Sie müssen wissen, mein Onkel hat versucht, sich mit den Banken zu einigen, jedoch ohne Erfolg. Mein Onkel wurde schließlich wegen Steuerhinterziehung, Betrug und Verstoß gegen das Baugesetz und so weiter zu 18 Monaten Gefängnis verurteilt.«

Jetzt begann der dicke Mann mit den dünnen Ärmchen ungefragt zu reden. Er schien wie verwandelt und stotterte: »Die eigentliche Schweinerei ist doch: Wer die Schulden kontrolliert, kontrolliert alles. Und dieser arme Mann musste ins Gefängnis, eigentlich hätten die Banker ins Gefängnis gemusst, die ihn zum Sklaven seiner Schulden gemacht haben.«

Professorin E. applaudierte, der dicke Mann mit den dünnen Ärmchen war mittlerweile aufgestanden, fuchtelte immer wilder mit den Armen und sprach nun direkt mit Professorin E.

»Wir müssen alle Ölsardinen werden!«

»Klingt biblisch!«

»Ist auch biblisch.«

»Werdet zu Ölsardinen! Dann braucht ihr weniger Platz!«

»Aber im Öl? Ist es da nicht glitschig und eng?«

»Genau dann seid ihr nie allein, und es kann euch nichts passieren!«

»Genial!«

»Die Sardine steht für Großzügigkeit, unterdrückte Weisheit, Intuition!«

»Und das Öl?«

»Das Öl steht für unbeschränkte Fähigkeiten!«

»Für welche?«

»Für alle!«

Robin sprang auf und schob den dicken Mann mit den dünnen Ärmchen aus dem Hörsaal. Was für ein Bild. Eine Gruppe Männer in ihren eleganten, gut sitzenden teuren Anzügen, nur einer mit völlig aus der Form geratenem Körper und herausquellendem Bauch und Knöpfen, die fast absprangen.

Es wäre schön, Menschen könnten miteinander reden, ohne sich dauernd selber verkaufen oder das Gegenüber kaufen zu wollen.

Ich kam von einem Segelkurs zurück, der Wind hatte mich richtig durchgepeitscht, und ich fühlte mich pudelwohl. Andreas stand vor dem Studentenwohnheim und winkte mir schon von Weitem.

»Wieso hast du das Geld noch nicht überwiesen?«, fragte er unruhig.

»Und ich dachte schon, du wolltest mir Neuigkeiten zum Gesundheitszustand deines Kollegen überbringen, gehts ihm gut? Der hatte ja einen richtig überzeugenden Auftritt in der Vorlesung. Das Geld hab ich abgehoben und parat gelegt.«

»Du hast 80 000 Franken abgehoben?«

»Du hättest das Gesicht vom Typen am Schalter sehen sollen. Wozu brauchen Sie Bargeld in dieser Höhe? Das hat der mich gefragt.«

Andreas bekam einen Lachanfall. »Der arme

Schalterangestellte, der muss dich das fragen, das Geldwäschereigesetz verpflichtet ihn dazu. Der muss dir bei einem Kassageschäft von mehr als 15 000 Franken solche Fragen stellen.«

»Ja, aber die Bank hätte doch schon beim Zahlungseingang eine Plausibilisierung vornehmen müssen! Zumal der Opernsänger das Geld aus Italien überwiesen hat.«

Andreas widersprach, Italien gehöre nicht zu den Hochrisikoländern, die ein Problem mit Geldwäscherei oder Terrorismusfinanzierung hätten, und wollte wissen, was ich dem Schalterangestellten geantwortet habe.

»Dass ich die Nutzerfreundlichkeit von Bargeld mehr schätze als die von anderen Zahlungsmitteln.«

»Und dann?«

»Dann habe ich noch gesagt: ›Somit wäre diese Umfrage beendet, und Sie können in Ihr Formular schreiben, Kundin ist keine Abschleicherin.‹«
Andreas nickte.

»Wenn du das Geld mitnehmen willst, sollten wir vielleicht reingehen?«

Andreas nickte wieder, folgte mir in die Studentenwohnung. Ich reichte ihm ein dickes Bündel, er begann die Geldscheine zu zählen und zu stapeln und schüttelte dazu weiter schweigend den Kopf.

»Und du musst keiner Sorgfaltspflicht nachkommen, wenn du für mich ein Konto eröffnest?«, fragte ich Andreas und versuchte, ihn vom Zählen abzulenken. »Müsste schon. Es wäre wirklich unangenehm, wenn der Compliance-Typ nachher mit einem Anti-Money-Laundering-Alert angerannt kommt. Ganz sicher aber wird der mich fragen, aus welchem Grund der Kontoname Onnepekka Pankki lautet.«

»Weil das ein guter Name ist! Weil ich Finnin bin! Onnepekka heißt Glückspilz. Reicht dir das?«

Es reichte.

Bei Andreas' Super-Idee handelte sich um ein Gerücht zur Fusion eines Chemie- und eines Pharmamultis. Ich sollte die 80000 Franken je zur Hälfte auf die entsprechenden Titel wetten. Dazu sollte ich CALL-Optionen auf die beiden Titel kaufen, die einen Ausübungspreis weit über den aktuellen Kursen hatten. Die CALL-Optionen notierten entsprechend tief, da niemand von der bevorstehenden Fusion wusste.

»Häschen, wenn der Kurs der Aktien nur schon um 5 % steigt, dann steigt deine Option um 50 %. Vorsichtig geschätzt werden die beiden Aktien bei Bekanntwerden der Fusion aber um mindestens 20 % steigen.«

Andreas applaudierte sich selber, und um seinem Verkaufsgespräch noch den letzten Schliff zu geben, versprach er, seine helfende Hand über die Optionen zu halten und im Fall der Fälle den Kauf annullieren zu lassen. Andreas tat wirklich alles, um mir das Geschäft schmackhaft zu machen, er befürchtete, dass ich im letzten Moment einen Rückzieher machen würde.

»Ich mache mit«, beruhigte ich ihn. »Aber nur, damit ich dir zeigen kann, wie Geld dein ganzes Verhalten beeinflusst, und ich werde dir auch zeigen, dass dein Umgang damit pathologische Züge aufweist.«

»Ja, ja, gut, gut. Alles super. Noch eine Frage. Wenn du dir vorstellst, wie ich in meinem Büro sitze, wie würdest du mich beschreiben?«

Ich war etwas überrumpelt. Ich schloss die Augen und sah Andreas in seinem Büro sitzen. Ich hatte diese Methode von meiner Mutter gelernt, gute Gedanken kommen siebenmal stärker zurück, böse vierzehnmal.

»Ich sehe dich als glücklichen Tollpatsch-Trader, der auf einer Gewinnwelle reitet, ohne die geringste Ahnung zu haben, warum«, sagte ich vorsichtig. »Ist das positiv genug?«

»Und wenn ich einen schlechten Tag habe?«, wollte Andreas wissen.

Okay. Das war wohl mehr als positiv genug, dachte ich und fuhr fort: »Dann musst du dich von den schlechten Entscheidungen erholen und musst akzeptieren, dass deine Gewinne gegen null sinken, und bleibst dabei ganz ruhig und behältst ein rationales Denken bei! Du neigst nicht zu dem Fehler, den fast alle machen, nämlich nur noch magisch zu denken.«

Ich legte kurz meine Hände auf den Geldstapel, der immer noch vor Andreas auf dem Küchentisch lag, drückte darauf herum, der Stapel wurde kleiner, und ein Teil des Geldes verschwand. Andreas starrte entsetzt auf den Tisch und versuchte zu schreien.

»Das, was du hier gerade erlebst, ist Ursache und Wirkung zugleich. Der Stapel Geld ist gleichzeitig hier und anderswo. Geld kann Räume überwinden, reisen, fließen, sich vermehren, wieder auflösen. So wie das dein Bewusstsein auch kann.«

Der Geldstapel hatte sich, während ich sprach, ganz aufgelöst und kam dann wieder zurück. Dann wirbelten die Geldscheine wild durch die Studentenwohnung. Andreas war von der Vorführung ziemlich begeistert.

»Ich möchte eigentlich gern ein beständiger, ausgeglichener Trader sein.«

»Dann tu das und schau deine Portfolios, die sicher allesamt vernünftig aufgebaut sind, höchstens einmal im Jahr an. Du wirst in 77 % der Fälle eine

Rendite sehen, die gut ist. Wenn du täglich oder stündlich die Bewegungen anschaust, bist du nur übelst heftigen Blutdruckschwankungen ausgesetzt!«

»Und was sage ich meinem Chef?«

Ich riet Andreas, seinem Blutdruck zuliebe in Kauf zu nehmen, dass sein Chef ihm vorwarf, er lebe auf einem anderen Planeten, weil er sich dem kurzfristigen Lärm nicht täglich aussetzen wollte.

»Das soll ich meinem Chef sagen?«

Andreas schaute auf die überall herumliegenden Geldscheine, es roch nach frischer Druckfarbe, und die Noten zirpten wie Grillen. Dann wollte er mir schon wieder seine Super-Idee erklären.

»Ich habe es längst verstanden, Andreas«, sagte ich, griff nach der Teekanne, setzte den Schnabel direkt an meinen Mund, leerte sie bis auf den letzten Tropfen und konzentrierte mich. Andreas seufzte kurz, dann kippte ihm der Kopf auf die Brust.

»Andreas, beschreib doch mal eine Börse, wo man Ruhe handeln kann! Wie würde die aussehen? Gefiele dir das, wenn man mit Ruhe handeln könnte statt mit Aktien?«

Andreas spürte warmen Wind auf seiner Stirn, fasste sich an den Kopf, fühlte Moos, betastete seine Arme und fühlte Rinde. Ungläubig schaute er seine Hände an.

»Ja, das wäre extrem wichtig, so eine Börse für Ruhe, das wäre dann so was wie Tiefenentspannungsökonomie. Wenn es so eine Börse gäbe, wären alle mehr bei sich selber. Alle würden Sachen verfolgen, die ihnen guttun.«

Andreas brachte keinen graden Satz raus, war aber ganz fröhlich und entspannt.

»Stell dir vor, am Anfang würdest du mit Ruhe handeln, weil du denkst, das sei ein weiteres ganz tolles Produkt, das du nun auch noch handeln kannst. Aber dann, wenn du's mal besitzt und kennengelernt hättest, dann würdest du plötzlich erkennen: Das ist es, was ich schon lange gesucht habe.«

»Ja, ja. Das ist extrem gut. Gefällt mir sehr gut. Gefällt mir wirklich sehr gut. Ich brauch noch ein bisschen«, murmelte Andreas. Ich hypnotisierte Andreas weiter, wie meine Mutter es mich gelehrt hatte. »Andreas, du möchtest gern Raum und Zeit verlassen, das ist überhaupt kein Problem. Raum ist Masse, Zeit ist Masse, Masse ist verhandelbar. Du wirst jetzt dein Bewusstsein überwinden, das ist auch ganz einfach, im ersten Schritt ersetzt du alles Negative durch Positives, und dein Leben ist gleich viel schöner, darauf folgt der zweite Schritt, da ersetzt du alles Positive durch Negatives, was dann sehr viel Negatives gibt, weil es davor ja nur Positives gab, und dann stellst du fest, dass sich dein Leben überhaupt nicht verändert hat. Davor war alles positiv, jetzt ist alles negativ, alles bleibt beim Alten, und genau in diesem Moment hast du dein Bewusstsein komplett überwunden.«

Andreas war bereit, die Hypnose funktionierte, und wir standen direkt vor dem Haupteingang der Debit Bank Swiss. Auf dem Schild war das Logo zu sehen und zusätzlich ein Text: »Was brauchen Sie? Einen Job? Eine Idee? Einen Platz zum Schlafen?« Und darunter, viel kleiner: »Brauchen Sie eine Antwort? Möchten Sie sich einfach einmal kurz irgendwo hinsetzen? Wissen Sie, dass manche Menschen gern anderen helfen? Möchten Sie so ein Mensch sein?« Ich klopfte an die schwere Eisentür. Wir traten in die halbdunkle Empfangshalle der Debit Bank Swiss und fanden bald Robin in seinem großen Büro. Die Lichtverhältnisse waren spärlich. Robin saß in einem großen samtbezogenen Sessel und fragte immer wieder: »Wie seid ihr hier hineingelangt?«

»Wir sind deine Freunde«, sagte Andreas. Robin nickte erstaunt: »Sonst kommen hier nur Störenfriede rein, die mich belästigen wollen.«

»Wir wollen nichts stehlen, kennst du mich nicht? Das ist Mikka, und wir wollen 80000 einzahlen. Wir wollen nichts klauen.«

»Lasst mich in Ruhe, ich brauche keine Freunde«, antwortete Robin. »Wie seid ihr überhaupt hier hereingekommen?«

Es erschien jemand in dunkler Kleidung, der aussah wie ein Diener. »Wie sind die hier reingekommen? Warum hast du die reingelassen?« Robin zog einen rostigen Kasten aus seinem Schreibtisch und begann, Münzen zu zählen, um zu sehen, ob etwas gestohlen worden war. Andreas lachte. Da saß sein Chef, zählte Münzen, verzählte sich, begann wieder von vorn, kam immer mehr durcheinander, musste wieder von vorn anfangen, und so ging es immer weiter. Robin war besessen von dem Gedanken, bestohlen worden zu sein.

»Warum hört der nicht auf zu zählen, diese Münzen haben doch keinerlei Wert?«, fragte Andreas.

»Vermutlich ist sein Gehirn dazu nicht groß genug«, sagte ich.

»Wie kann ich ihm helfen?«, fragte Andreas und rieb sich die Augen. Ich beendete die Hypnose. Andreas schaute mich an und stopfte die 80 Tausender in seine teure Ledertasche, dann verabschiedeten wir uns.

Ein Mensch hält zwei Leinen in der Hand. An der einen zerrt ein Hund, die andere ist an der Zunge eines Holz-Froschs eingehakt, der auf Rädern nachgezogen wird. Was ist das für ein Mensch?

Andreas' Super-Idee, auf die Super-Fusion zu wetten, war aufgegangen. Es war ein Paukenschlag, die Aktienkurse der beiden Unternehmen gingen durch die Decke, die Preise der Optionen schossen in den Himmel, die Schätzungen von Andreas waren allesamt zu moderat gewesen. Ich saß auf meinem Bett in der Studentenwohnung und machte gerade Yoga, als er anrief.

»So, du glückliches Huhn, hast du schon gefrühstückt? Nein? Stell dir die besten Spiegeleier vor, die du je gegessen hast, mit großem Dotter, tiefgelb. Stell dir zehn davon vor! Nein, besser hundert!«

Es waren sechzehn Millionen Franken geworden! Sechzehn Millionen! Ich konnte die Zahl nicht verstehen. Die Zahl war zu hoch oder zu tief oder zu rund mit zu vielen Nullen, es war auf jeden Fall eine Zahl, die in meinem Kopf nichts auslöste. Kein Gefühl, keine Erfahrung, keine Bedeutung. Andreas war völlig aus dem Häuschen und wiederholte die Zahl wie ein Mantra: »Sechzehn Millionen! Sechzehn Millionen!«

Andreas sah nichts anderes mehr. In seiner Welt produzierten solche Zahlen Aufmerksamkeit, ohne dass klar war, was jetzt im Aufmerksamkeitsfeuer stand und warum und wozu.

»Robin will dich treffen! Sechzehn Millionen Franken mit einem einzigen Trade. Du gehörst jetzt zu einer anderen Kategorie Mensch. Sechzehn Millionen!«

Ich verstand nicht, wieso Robin mich sehen wollte.

»Mikka, ich habe ihm gesagt, dass du den Trade mathematisch vorausgesagt hast und dass du eine Formel hast.«

»Die ganze Geschichte deines Analysten-Teams, das dir nur eine schlichte Zahl liefert, ist erfunden?«

»Ja natürlich. Ich kann mich ja kaum zu jemandem an den Tisch setzen und sagen: Komm, wir treffen hier kurz eine Vereinbarung, wie wir das Gesetz brechen können! Das macht doch niemand! Man setzt doch keinen Vertrag auf, in dem steht, komm, wir begehen einen kriminellen Akt!«

»Also war es doch eine Wette!«

»Gerüchte, Spekulation, es geht doch jetzt nicht

darum, wie du das nennst! Es geht darum, dass ich rausfliege, wenn ich keine gute Erklärung liefere!«

Andreas wollte seinem Chef den plumpen Insidertrade also nun als Mathematikerinnen-Geniestreich verkaufen.

»Ich kann auch nichts dafür, dass mich dauernd irgendwelche Top-Kader anrufen und mir bereitwillig Firmengeheimnisse verraten!«

»Doch, dafür kannst du etwas!«

»Robin ist vollkommen betört von der Idee, dass es diese Formel gibt. Verstehst du, ich habe Robin eine Formel versprochen! Sechzehn Millionen, alle wollen diese Formel!«

Erst auf Nachfrage gab Andreas zu, dass er das Konto als »margin account« angelegt und manuell eingegeben hatte, dass auf dem Konto nur 5 % der für einen Trade nötigen Summe in Cash hinterlegt sein mussten. Er hatte statt für 80 000 Franken Optionen für 1 600 000 Franken gekauft. Den Rest hatte er als Darlehen bei der Bank bezogen. Nach dem erfolgreichen Trade hatte er die Margin-Möglichkeit manuell wieder aus dem Konto entfernt. Die Debit Bank Swiss hatte mir, ohne dass jemand davon etwas mitbekam, also kurzfristig 1 520 000 Franken zur Verfügung gestellt! Im Fall, dass die Wette nicht aufgegangen wäre, hätte Andreas drei Tage Zeit gehabt, die Spuren des Verlusts zu verwischen, respektive mit anderen Transaktionen wieder gutzumachen. Ich war sauer: »Superformel, Furz, Wattebausch! Spinnst du eigentlich? Das ist vollkommen unnötig und illegal.« Andreas blieb ruhig und höflich.

Ich war schweißgebadet und fühlte mich wie betäubt.

»Und ich soll dir jetzt helfen, deinen Insidertrade zu vertuschen, ja?«

Andreas sah so selbstbewusst aus wie ein Junge aus der sechsten Klasse, der ein Mädchen zum Tanzen auffordern will, als er mir erklärte, dass mein Studium bei Professorin E. doch eine gute Tarnung abgeben könnte. »Theorie der Finanz- und Wirtschaftspolitik, das klingt doch ganz überzeugend.«

»Du bist ein Arschloch«, sagte ich scharf, danach brach ich die Telefonverbindung ab, und Andreas hörte nur noch die Ansage: »Die gewünschte Gesprächsteilnehmerin, Mikka Vihuri-Rikkala, ist zurzeit nicht erreichbar. Bitte versuchen Sie nicht, eine Nachricht zu hinterlassen, es ist unter dieser Nummer nicht möglich.«

Das Rauschen in meinem Kopf war so laut geworden, dass ich mich hinlegen musste. Ich kreuzte die Hände über meinem Brustbein und wartete. Weißblaues Licht legte sich auf meinen Bauch. Ich wartete weiter. Ich wusste nicht, was machen. Mit sechzehn Millionen würde ich in meinem ganzen Leben niemals mehr arbeiten müssen. Auch meine potenziellen Kinder und meine Mutter inklusive Renato bräuchten nichts mehr zu tun, außer großzügige Menschen zu werden. Ich setzte mich auf und fühlte mich noch eine ganze Weile kraftlos, dann entschloss ich mich, Professorin E. um Rat zu fragen. Ich buchte online einen Sprechstundentermin.

Ja, ich war begeistert von Professorin E., wie sie mit uns Studierenden sprach, wie sie uns animierte, alles immer so lange zu diskutieren, bis das Gespräch kaum vorstellbare Formen angenommen hatte und der Gesprächsgegenstand, wie sie es nannte, gedehnt und elastisch geworden war. Aber was sollte ich Professorin E. sagen? Hey, ich habe einen Freund, der hat mir sechzehn Millionen organisiert, ich wollte Sie fragen, was ich damit nun tun soll? Aufbrechen in eine neue Welt? Die Grenzen der Biologie verlassen? Alle frühkindlichen Konditionierungen ablegen? Allen sagen, ich sei die neue Mega-Master-Super-Traderin?

Ohne anzuklopfen, eintreten!!!, befahl das Büroschild von Professorin E.

»Normalerweise nehme ich wissenschaftliche Mitarbeiter erst ab dem zweiten oder dritten Studienjahr unter Vertrag«, begrüßte sie mich und wollte wissen, welche Wochentage mir passen würden. Völlig überrumpelt sagte ich, Donnerstag und Dienstag, und musste lachen. »Gut, dann sehen wir uns Donnerstag wieder«, wollte sich Professorin E. verabschieden. Es gab keinen guten Einstieg für solch ein Gespräch, das war mir klar.

»Ich habe sechzehn Millionen verdient mit einem halblegalen Trade, ich weiß nicht, was ich jetzt machen soll«, schoss ich drauflos. Ich roch das Parfüm von Professorin E., hörte lautes Flirren und Meeresrauschen.

»Man könnte damit einen Lehrstuhl für kreatives Schrumpfen finanzieren«, sagte Professorin E., lehnte sich zufrieden zurück und wollte die ganze Geschichte wissen. Die Luft heizte sich mit ihren vielen Fragen auf. Ich erzählte, dass ich seit Langem versuchte, Andreas andere Begriffe als Länge, Breite, Fläche, Leistung, Autorität, Expansion, Hierarchie, Millionen, Milliarden und so weiter beizubringen. Dass ich mit ihm schon Dutzende Male darüber geredet hatte, dass die Welt Rückwärtswachstum braucht! Ich wusste nicht, ob es besser war, Professorin E. zu vertrauen, oder auf der Hut zu sein. Sie hatte den Zusammenhang zur Besuchergruppe, die ich in ihre Vorlesung gebracht hatte, längst hergestellt.

»Es läuft doch super! Sie haben einen direkten

Zugang zur Debit Bank Swiss. Die Millionen sind zu Ihnen gekommen, machen Sie was draus!«

Ein heftiger Windstoß fegte durchs Büro, ich hielt mich an der Armlehne fest, mir wurde ganz heiß, mein Oberkörper wurde länglich, ich fühlte, wie sich ein Lächeln auf meinem Gesicht bildete. Auf dem Tisch von Professorin E. lag ein weißes Papier. Ein Kugelschreiber bewegte sich quer über das Blatt, glitt über die Tischkante, ich fasste mit der Hand nach dem Kugelschreiber, rutschte vom Stuhl, stieß mit dem Kopf an die Tischkante, kam auf dem Boden zu liegen, stöhnte. Beim Aufstehen stieß ich mit dem Kopf noch mal von unten an die Tischkante. Professorin E. lachte mich an. »Sie sind bereit. Sie werden der Menschheit helfen, sich vom Geldeifer zu lösen. Sie werden tanzen und die Auflösung des Geldes zelebrieren! Sie werden zeigen, dass es nicht schlimm ist, wenn sich Geld auflöst. Sie werden zeigen, dass es noch viel weniger schlimm ist, wenn man sich gleichzeitig mit seinem Geld zusammen auflöst.«

Ich vermutete, dass diese Worte im Rahmen einer außergewöhnlichen Erkenntnistheorie durchaus stimmen konnten. Ich hielt mir den Kopf mit beiden Händen, starrte mit mondgroßen Augen an die Zimmerdecke und versuchte zu verstehen: »Sie werden zeigen, wie man Vermögen zusammen mit dem Körper, der dieses Vermögen besitzt, auflöst! Und Sie werden feststellen, dass sich viele schwerreiche Bankkunden schon lange eine solche Auflösungs-Lösung wünschen. Die werden sich freuen und sich fühlen wie ein Brot nur zum Anschauen. Oder wie ein Backofen mit Reißverschluss statt Klappe.«

Draußen war es dunkel geworden, der Vollmond stieg über den Genfersee. Professorin E. packte einen Apfel aus, öffnete eine Schublade, fand ein scharfes Messer, schnitt den Apfel quer auf, zeigte mit dem Finger auf das Kerngehäuse.

»Sehen Sie diesen Stern mit den fünf Zacken? Der kann Ihnen in jeder schwierigen Situation helfen.«

»In jeder schwierigen Situation?«

»In einer schwierigen Situation oder mit einer schwierigen Person, das spielt keine Rolle.«

Professorin E. erklärte mir, was es mit den fünf Zacken auf sich hatte.

»Stellen Sie sich die obere Spitze des Sterns über Ihrem Kopf vor, die beiden horizontalen Spitzen sind Ihre Arme und die zwei anderen Ihre Beine! Sehen Sie das?«

»Leonardo da Vinci«, sagte ich.

»Wenn Sie im Zentrum dieses fünfzackigen Sterns sind, kann Ihnen nichts passieren.« Professorin E. stand nun selber auf und zeigte es mir. Sie spreizte die Beine, während sie die Arme leicht nach oben streckte. Sie wartete, bis ich die Bewegungen nachgemacht hatte.

»Machen Sie das bitte noch einmal, das sah aus wie Altersturnen«, forderte sie mich auf und lachte laut. »Sie machen doch bestimmt Yoga, das dürfte Ihnen nicht allzu schwerfallen!« Nach einigen weiteren Versuchen war sie zufrieden. Ich sollte diese Übung vor jeder schwierigen Situation machen. Mit der Zeit reiche es dann völlig aus, die Bewegungen in Gedanken auszuführen.

Die Menschen sind gerade dabei, all ihre Gemeinsamkeiten zu zerlegen. Sie blasen ihre Illusionen von Individualität weiter auf wie einen Ballon. Sie blasen weiter rein! Wollen die pusten, bis es knallt? Dann bräuchten sie weniger Platz, das stimmt.

Andreas saß vor seinen sechs Bildschirmen und schaute Charts an, als ich ihn anrief. Aus Angst, etwas zu verpassen, hörte er mir zuerst nicht richtig zu. Ich pfiff und sang wie eine Drossel ins Telefon, schüttelte Bettlaken und Kissen, dann sagte ich:

»Andreas, du vergeudest dein Talent!«

»Wieso?«

»Es ist schade, so viel Zeit am Schreibtisch zu verbringen! Geh doch mal raus, spazieren!«

»Ich setze mich doch nur vor die Bildschirme, wenn ich gerade nichts anderes zu tun habe! Ich schaue kurz in den Markt, weiß sofort, was passiert, und mache dann meine Trades. Das braucht gar keine Zeit!«

Andreas sah, wie sich die Maus auf seinem Tisch bewegte.

»Was machst du?«, sagte er zur Maus. Und im nächsten Moment sprach er wieder mit mir.

»Was sagst du?«

»Es ist lächerlich, immer diesem Geld nachzurennen!«

»Der Vortrag von Professorin E. hat Robin ziemlich gut gefallen, er möchte, dass ihr zusammen für uns arbeitet.«

»Nein danke«, antwortete ich mehrstimmig und schickte Andreas ein großes Fahrverbot auf sein Smartphone, dann konzentrierte ich mich und versuchte, in Andreas' 60 Kilometer entferntem Büro noch einmal nach der Computermaus zu greifen. Ich zog zu stark, riss die Maus vom Tisch.

»Was ist das? Was machst du, Mikka?«, schrie Andreas.

»Geld an sich, ohne Funktion, interessiert mich nicht! Geld ist für mich keine interessante Geschichte, Geld ist kein Leben und kein Inhalt. Mit Geld kannst du nichts erklären!«, versuchte ich es entschieden, aber freundlich.

Andreas fühlte sich weiterhin auf dem Weg nach ganz, ganz oben bei der Debit Bank Swiss und sah dabei aus wie ein kleiner Kojote, wenn er halb im Wahn seinen Tradingversuchen nachging.

Ich legte ihm nun ganz vorsichtig meine Hand auf die Schulter.

Andreas zuckte zusammen, schrie ins Telefon, dass er nicht verstehe, was da vor sich gehe. Seine Ohren begannen zu sausen, die Monitore flimmerten. In Andreas' Leben fehlte die Hoffnung. Die Welt, in der er sich befand, war in einem katastrophalen Zustand. Alte und neue Geldsysteme, die um die Vorherrschaft der Weltordnung rangen, und Misogynie, Rassismus, Klimawandel, Artensterben, Rechtspopulismus, Millionen Menschen auf der Flucht. Ich konzentrierte mich weiter.

»Andreas, ich möchte nicht, dass Geld für dich arbeitet oder für mich!«

Andreas kniff sich in die Wange, drückte sich einen Kugelschreiber in den Oberschenkel, meine Stimme kam nun wieder aus seinem Smartphone-Lautsprecher.

»Geld ist keine dritte oder vierte oder fünfte Arbeitskraft. Du sollst mit deinem Kopf, deinen Händen oder deiner Seele arbeiten. Das reicht völlig aus, Andreas, du brauchst sonst nichts. Das reicht für ein erfülltes Menschenleben!«

Andreas' Monitore zeigten Kurven von Ölpreisen, von Aktienpreisen einer großen Firma, die Speicherbatterien entwickeln wollte, mit denen man unter anderem auch Raketen antreiben könnte, die dann auf den Mars fliegen sollten.

»Andreas, die Aktie, die du gerade anschaust,

gehört einem, der den ersten batteriebetriebenen Personenflug zum Mars anbieten will. Diese Firma gehört einem Außerirdischen! Der möchte einfach gern zurück nach Hause, um dort dann zu sterben. Diesem Typ musst du doch nicht folgen! Diese Aktien brauchst du doch nicht. Der hat sein Auto auf die Mars-Umlaufbahn geschossen! Hörst du? Andreas? Andreas!«

Andreas versuchte aufzustehen, schwankte, ließ sich zurück in den Bürostuhl fallen. Als er sich wieder bewegen konnte, taumelte er zum Fenster und sah draußen einen Regenbogen, der den ganzen Horizont überspannte.

»Andreas, ich kenne deine Wachstumswelt, sie winkt mir auch dauernd zu. Ich winke aber nie zurück!« Andreas nickte abwesend.

Andreas war ein Spieler, wenn ich ihn ganz auf meine Seite bringen wollte, musste ich *all in* gehen. Wenn ich Andreas von seinem Pfad abbringen wollte, musste *ich* zu seinem neuen Pfad werden. Ich bot ihm deshalb meinerseits eine Wette an.

Der Challenge bestand darin, dass Andreas und ich unabhängig voneinander eine 13-Monats-Prognose für die Aktie eines angeschlagenen Nahrungsmittelriesen machten. Der hinkende Nahrungsmittelriese hatte Imageprobleme. Meine Prognose sah vor, dass der Konzern seine ungesunde Tiefkühlprodukt- und Schokoladensparte am besten in ein Drittweltland verkaufte. Sollten dort doch den Kindern die Zähne ausfallen, sollten diese Kinder doch fett werden wie Kugelfische. »Ach, Diabetes«, sagt der CEO des Nahrungsmittelriesen, »die Menschen in diesen Ländern sterben doch schon viel früher an ganz anderen Krankheiten, das spielt keine Rolle. Zivilisationskrankheiten in einem Dritt- oder Zweitweltland gibt es doch gar nicht!«

Was Andreas nicht verstehen konnte, war, dass ich mit meiner Prognose vollständig richtiglag und mich gleichzeitig vollständig davon distanzierte!

Einsamkeit entsteht, weil die Welt wahnsinnig viel Aufmerksamkeit produziert, ohne zu wissen, für wen. Es herrscht also ein richtiges Aufmerksamkeitsdauerfeuer, und alle Menschen, die so einer Aufmerksamkeit begegnen, behaupten: »Diese Aufmerksamkeit ist für mich, die ist nur für mich!«
Eine Methode, um diesem Spiel zu entkommen, ist: allein in einen kitschigen Sonnenuntergang hineinzulachen und die Szene nicht mit dem Smartphone zu fotografieren. Zusätzlich kann es helfen, sich zum nicht gemachten Foto einen veritablen Sonnenbrand einzufangen und auch den niemandem zu zeigen.

Andreas hatte sein Auto in der Nähe des Studentenheims geparkt, war losgegangen, und plötzlich hatte er begonnen zu rennen. Zuerst am See entlang, dann aufwärts Richtung Stadt, immer weiter, bis ihm das Herz fast versagte. Als er später heftig ins Smartphone atmete, versuchte ich, ihn zuerst zu beruhigen und herauszufinden, was geschehen war. Der Anruf brach ab. Andreas meldete sich wieder. Im Hintergrund lärmten Passanten. »Gib irgendjemandem dein Telefon«, versuchte ich zu helfen und hörte eine Stimme: »Er ist hier auf der Place de la Palud und raucht einen riesigen Joint! Ich glaube nicht, dass er noch weiß, wo er hinwill. Und wenn Sie mich fragen, ich glaube auch nicht, dass er noch weiß, wer er ist!«

Dann war wieder Andreas zu hören, er setzte sich erneut in Bewegung, der Wind rauschte durch das Smartphone, dass es eine Freude war.

»Hallo, Herzblatt-Häschen-Sonnenschein.«

Ich versuchte es noch mal: »Andreas, sag mir doch, wo du genau bist, dann kann ich dich nach Hause lotsen.«

»Willst du ein Geheimnis wissen? Ich habe zwei Herzen. Ein normales und darunter noch eines von einem Baby«, danach war wieder nur schweres Atmen zu hören. Plötzlich rief Andreas: »Escaliers du Marché!«

»Warst du vorher bei der Kathedrale?«

»Willst du noch ein Geheimnis wissen? In meinem Gehirn ist ein Auge, ein drittes Auge, und es sieht nichts, weil es da drinnen verdammt dunkel ist«, begann Andreas zu grölen.

Ich konzentrierte mich, und es gelang mir schließlich, Andreas zu helfen, den Weg zum Studentenheim zu finden.

Er hüpfte in die Wohnung, lächelte dümmlich: »Hey, Zuckerhäschen, ich bin fix und fertig, und ich habe einen verfluchten Hunger.« Dann ließ er sich auf einen Stuhl fallen und zog einen zerknitterten Kontoauszug aus der Hosentasche: »Sch-zhn Millnonen Franken«, versuchte er zu sprechen.

Ich nahm ihm den Kontoauszug ab und hängte ihn an den Kühlschrank. Andreas redete weiter wie ein gutmütiger übergewichtiger amerikanischer Coaching-Onkel: »Hey, hab ich es dir nicht immer gesagt. Du musst nur deine Ziele selber definieren! Wenn du keine Ziele hast, weißt du überhaupt nicht, wo du hingehst, und bist im luftleeren Raum!«

Andreas blieb eine Weile benommen sitzen, trank viele Gläser Wasser, kam langsam wieder hoch, kratzte sich und wollte mir dann einen grauen Anzug verpassen. Robin habe ihm aufgetragen, mir mehrere schöne Anzüge zu besorgen.

»Wollt ihr mich zum Pfau machen?«, fragte ich.

Andreas murmelte etwas von Exklusivität, Diskretion, Handwerkskunst und dass ich in einem Brioni wie eine Herrin der Welt aussehen würde. Dann kicherte er weiter und machte fahrige Anprobegesten, streckte die Arme von sich wie eine Vogelscheuche, legte sich die Hände auf den Bauch und murmelte: »75, gut, gesund.« Der Anprobetermin war bereits gebucht, und Andreas wollte sofort los.

»Ich soll bei dir in der Debit Bank Swiss auftauchen, vor deinem Chef Robin das Rad schlagen, und alle, die da herumstehen, rufen: ›Oh, ist das genial, oh, ist das schön!‹«

Andreas stand auf: »Wir müssen nach Genf!«

»Ich bin kein Pfau«, wehrte ich mich. »Es braucht doch niemand einen Pfau, der es nur darauf angelegt, sich ein Echo abzuholen, und gleichzeitig weiß, dass die Echogeber völlig ahnungslose, historisch und philosophisch unterbelichtete Damen und Herren sind! Andreas! Das mach ich nicht!«

»Doch, doch!«

Ich hielt kurz inne, hörte die Sätze von Professorin E.: »Du wirst der Debit Bank Swiss zeigen, wie man Vermögen auflösen kann, zusammen mit dem Körper, der dieses Vermögen besitzt. Und die Kunden werden es lieben.« Ich sah auch den schützenden Stern mit den fünf Zacken vor mit, der mir in jeder schwierigen Situation helfen sollte.

»Okay. Mach ich den Pfau.«

Andreas begann, von den vielen Hemden zu schwärmen, die wir kaufen würden, von den Cordhosen für den Winter und den Leinenhosen für den Sommer, von Pullovern in diversen Tönen, er schwärmte von den glänzenden Krawatten, die zusammengerollt in Schubladen lägen wie bunte süße Zuckerschnecken, von Schuhen, Socken. Wir gingen zum Auto, ich nahm Andreas den Schlüssel aus der Hand.

»Das wird die reinste Zaubervorstellung«, sagte er und öffnete mir sanft die schwere Autotür. Ich setzte mich ans Steuer in dem riesigen Auto und genoss es. Man fühlte sich bei geschlossener Tür vollkommen allein, von der Welt vergessen.

Jeder, der möchte, darf ein Windrad sein. Wenn ein Hase sagt: »Ich will lieber ein Windrad sein«, dann darf er das. Dann soll der Hase seine Ohren zu Propellern werden lassen. Wenn ein Huhn ein Windrad werden will, darf es das. Dann soll es sich auf einen Mast setzen und sich vom Wind drehen lassen, solang es will. Auch wenn ein Mensch ein Windrad sein will, dann darf er das. Er kann seine Beine oder Haare oder Ohren als Propeller einsetzen.

In Andreas' Auto roch es nach Flieder. Ich drückte das Gaspedal, im Radio wurde über die Verschärfung eines Gesetzes diskutiert, das die Ingewahrsamnahme von »vermutlichen Verbrechern« erlauben sollte. Ein vermutlicher Verbrecher sei einer, der kurz davorstehe, ein Verbrechen zu begehen. Ich gab noch mehr Gas und lachte, Andreas räusperte sich: »Es gäbe dann auch vermutliche Raser!«

»Und vermutliche Arschlöcher«, sagte ich.

Es begann zu regnen, Andreas fuchtelte neben mir mit den Händen. Nebel und Gischt spritzte, die Sicht wurde immer schlechter, Andreas beschimpfte sämtliche Lastwagenfahrer: »Der nächste Baum ist für dich! Dich sollte man an der nächsten Raststätte rauswinken und erschießen!«

Die Geldwelt, in der Andreas lebte, machte aus ihm einen sehr unausgewogenen Einzeller, er lebte in einer Reflexwelt, die nur noch aus Kaufen und Verkaufen, Boni-Lutschern, lauten Ausbrüchen, Speichelleckern und inkompetenten Chefs bestand, die dachten, eine Firma zu führen sei leichter, als Spiegeleier zu braten. Ich musste laut lachen.

In Genf erwartete uns bereits ein Schneider mit einem Maßband, das er sich wie eine Boa um den Hals gelegt hatte. »Das ist sie«, sagte Andreas. »Sie braucht drei Anzüge, ein Dutzend Hemden, ein paar Pullover, Krawatten, Schuhe, Socken, das ganze Programm. Sie hat es verdient.«

Der Schneider begann mit seiner Arbeit. Er legte mir einen ersten Anzug an, offenbar war für die meisten Anzugträger Raum für einen nicht unbeträchtlichen Bauchansatz vorgesehen, den ich nicht auszufüllen vermochte. Es ging weiter an den Knöcheln, dann fasste er mir an die Innenseite der Beine, ich zuckte zusammen, fand die Berührung erregend.

Der Schneider hatte mittlerweile Nadeln im Mund, zeichnete Stellen an, wo er etwas Stoff herausnehmen wollte, raffte den Anzug an der Taille, klopfte, strich und tätschelte an mir herum. Ich drehte mich um die eigene Achse, berührte den Schneider leicht am Kopf, fasste ihn um die Taille und zog ihn ganz nah an mich heran. Er starrte mich an: »Sie sind die erste Frau, für die ich einen Brioni-Anzug anpasse. Ich hätte nie gedacht, dass eine Frau darin so unverschämt gut aussieht.«

Ich betrachtete mich lange in den drei Spiegeln und fand es richtig toll, dass man in so einem Anzug fast unsichtbar werden konnte. Es war genial. Andreas, der in einem tiefen Ledersessel versunken gewesen war, schaute mich an und sagte: »Du siehst unverschämt gut aus. Auf dem Weg nach ganz, ganz oben!« Als alles in fünf riesigen Tragetaschen eingepackt war, sah ich kurz den Totalbetrag von 45 900 Franken aufleuchten, während Andreas kontaktlos ohne Unterschrift zahlte; wir fuhren direkt weiter zur Debit Bank Swiss. Im Fahrstuhl sagte Andreas: »Du bist wirklich eine wahnsinnig toll aussehende Frau, akzeptier es.« Ich konzentrierte mich, der Fahrstuhl stoppte, die Lichter flackerten, die Wände des Fahrstuhls vibrierten. »Für dich wird der Weg nach ganz oben weder steinig noch steil sein«, sagte Andreas. Mir wurde eiskalt, der Aufzug setzte sich wieder in Bewegung, ich konzentrierte mich: »Was hast du Robin eigentlich erzählt?«

»Dass du an einer App herumforschst, mit der man spielerisch Erfahrungen mit dem Geldeinnehmen und dem Geldausgeben, dem Geldverlieren, dem Geldgewinnen und dem Geldverschenken sammeln kann.«

»Welche App?«, fragte ich. Andreas ließ sich nicht herausfordern.

»Dass du diese App in Grundschulen testest! Und Workshops anbietest.«

Es war alles wie in einem Film, die Aufzugtüren öffneten sich, wir hüpften raus, standen in einem hellen, breiten Korridor, der Small Talk mit Robin über die App begann sofort, so als hätte man uns mitten in die richtige Szene reingeschnitten.

»Stimmt es, dass ihr die Schüler immer zu Beginn fragt, wer schon mal davon gehört habe, dass es zu Hause finanzielle Probleme gäbe?«, fragte Robin.

»Ja, und es ist wirklich dramatisch. Die finanziellen Probleme, auf die ich in den Schulen stoße, sind alle durch Kredit-und Konsumschulden entstanden. Egal, ob das Mütter sind, die teure Autos leasen, die sie nicht brauchen, oder Väter, die sich eine neue Küche einbauen lassen, obwohl kein Geld vorhanden ist, das Geld wird ausgegeben, als gäbe es kein Morgen.« Robin lachte: »Super, kein Geld, aber neues Auto. Das kennen wir hier gut!«

»Das Wichtigste ist aber, dass die Schülerinnen

und Schüler ihre Emotionen beim Geldausgeben kennen und nutzen lernen«, machte ich mit meiner Verkaufshymne weiter. Robin nickte begeistert, seine Augen leuchteten, er blieb kurz stehen. »Mein Büro ist da vorn, wir sind gleich da!«

»Die App bietet drei Erfassungskategorien. Das Ausgeben macht große Freude, das Ausgeben berührt mich nicht, und das Ausgeben ist schlecht gewesen! Man erfasst die Emotionen wie auf den Flughafentoiletten, wo es drei Knöpfe mit stilisierten Männchen gibt, eins lacht, eins macht einen Strich mit seinem Mund, und eins macht eine richtige Banane. Die Erfassung der Gefühle und das Festhalten der Ausgabenhöhe werden ergänzt durch ein Foto des gekauften Objekts; wenn es sich um eine abstrakte Dienstleistung handelt, bietet die App illustrierende Grafiken an«, verkaufte nun Andreas die App, die es mittlerweile in unser beider Vorstellung wirklich gab, munter weiter.

Ich berührte kurz Robins Nacken und fasste Andreas am Ellbogen und schob so beide vor mir her in ein leeres Büro. Sie zogen wie ferngesteuert zwei Stühle vom Tisch, setzten sich und schwiegen. Als ein Hausdienstmitarbeiter mit einer Bürste auftauchte und Fragen stellen wollte, legte ich auch ihm ganz kurz die Hand auf die Schulter. Der Hausdienstmitarbeiter bückte sich, begann, die

Türschwelle zu wischen, ging rückwärts aus dem Zimmer und schloss die Tür. Ich hypnotisierte Robin und Andreas weiter, sie griffen zeitgleich nach ihren Smartphones und sahen darauf einen Werbespot der Debit Bank Swiss. Eine Kundenberaterin, die Ähnlichkeit mit mir hatte, präsentierte neue Anlageprodukte. »Schau«, sagte sie im Werbespot zu einem Kunden, während ich Andreas und Robin auf ihren Stühlen sitzen sah, die fasziniert in ihre Smartphones starrten, »schau, du kannst bei uns nur ein einziges Anlagemodell wählen, es heißt ›Glühbirne‹.«

Robin bekam einen Lachanfall, und das Smartphone fiel ihm fast aus der Hand. Ich erhöhte die Hypnoseleistung. Robin spürte nur noch das fast tierische Gewicht seiner Knochen und wurde wieder ruhig.

»Das Anlagemodell ›Glühbirne‹ bedeutet, das angelegte Vermögen strahlt zuerst möglichst hell, der Anleger entscheidet lediglich, wie lange es dauern soll, bis das ganze Vermögen weggedimmt, verglimmt oder weg ist. Der Anleger wird zeitgleich in eine abgekühlte durchgebrannte Glühbirne verwandelt und erlischt am Schluss mit einem trockenen leisen Geräusch.«

Ich holte Robin und Andreas zurück, sie rieben sich die Augen. Robin erholte sich schneller als

Andreas, fand seinen Chef-Tonfall wieder, stand auf, rief auf dem Flur ein paar Namen, woraufhin aus diversen Büros Menschen angelaufen kamen, die sich um Robin versammelten und mit ihm durch den Korridor marschierten. Sie schienen froh wie Kühe, die den ganzen Tag auf einer Weide herumgestolpert waren und abends vom Bauern in den Stall gebracht wurden. Ich machte mich aus dem Staub und ließ mich und meine Brioni-Einkäufe nach Hause chauffieren.

Man kann alles mit Übermut und Leichtsinn machen. Man kann über seinen eigenen Schatten springen, immer schneller, ohne zu warten, ob der Schatten sich überhaupt bewegt. Plötzlich steht man dann oben auf einer Leiter, schaut hinab und weiß nicht, wie man da je wieder runterkommen soll.

Ich kam völlig erschöpft in meiner Studentenwohnung im Maison des Cèdres an, zog einen Schuh aus und legte mich kurz hin. Ich fühlte mich wie zusammengeschrumpft. Ich stand wieder auf, setzte mich auf dem Boden, wickelte meine neuen Pullover, Socken, Hemden und Schuhe aus dem weißen Seidenpapier und legte alles in einem Kreis um mich herum. Es gab keinen Ort, wo ich diese schönen Sachen hätte aufhängen oder hinräumen können, also wickelte ich alles wieder ein und packte es in die fünf riesengroßen Einkaufstaschen zurück.

Als ich am Tag darauf zu Professorin E. ins Büro kam und meinen ersten Einsatz als wissenschaftliche Mitarbeiterin besprechen wollte, zog sie sofort ihre Jacke an und sagte: »Ich glaube, die normale Arbeit fällt für heute aus.«

Ich nickte, sah zur Sekretärin, die stoisch in ihren Bildschirm schaute und stumm lächelte. Ich hielt mir die rechte Hand auf die Stirn, konzentrierte mich und zitierte dann plötzlich Rilke: »Man muss den Dingen die eigene, stille, ungestörte Entwicklung lassen, die tief von innen kommt und durch nichts gedrängt oder beschleunigt werden kann, alles ist austragen – und dann gebären.«

»Genau. Gebären! Das ist nur ganz, ganz leicht daneben, wenn Sie das sagen, als Frau im besten Fruchtbarkeitszustand, den Sie je erreichen werden«, prustete Professorin E. los und schlug sich die Handflächen auf die Oberschenkel, dass es krachte. »Das ist doch insgesamt viel zu dramatisch, sich verlieren wollen, an einen anderen Ort hin verschwinden und sich gleichzeitig nach Flucht und Entdeckung sehnen.«

Die Sekretärin fand die ganze Szene offenbar überhaupt nicht ungewöhnlich und tippte ruhig weiter, während Professorin E. meinte: »Kommen Sie, wir fahren in mein Büro!«

Ich verstand nicht, was für ein Büro sie meinte, und als sie mit schnellen Schritten an mir vorbei in den Korridor ging, hustete ich. Jetzt drehte sie kurz ihren Kopf: »Ich meine mein privates Büro, das hier gibt's ja nur aus formalen Gründen.« Schließlich stiegen wir in den klapprigen Peugeot 205 von Professorin E. und fuhren in der Nähe des Étang de la Bresonne in den Wald. Bald standen wir vor einer Hütte mit einem kleinen Anbau aus alten Fensterrahmen, Bauabsperrungen, Schalungsbrettern und Teilen eines Baucontainers. Rund um die Hütte gab es ein überdachtes Holzdeck. Ich setzte mich in einen der Liegestühle, während Professorin E. ein paar Minuten in der Hütte verschwand und dort herumrumpelte. Sie kam mit Kaffee zurück und bekam einen starren Blick und schaute mich sehr lange an. Dann stieg ein riesiger Schwarm Schmetterlinge auf, und Professorin E. begann mit verstellter Stimme zu sprechen: »Ich kenne den Unterschied zwischen Wahnsinn und Nichtwahnsinn: Der Wahnsinnige weiß nach dem Aufwachen nicht, wer er ist, der Nichtwahnsinnige weiß, dass er gerade aus einem Traum zurückkommt.« Sie sprach in Trance weiter: »Sie sind ungeduldig. Seien Sie es nicht! Sie werden nie in Ihrem eigenen Schatten stehen bleiben. Sie wissen, dass es wichtig ist, andere zu motivieren, dass es super ist, anderen zu helfen, zu wachsen, größer zu werden. Machen Sie weiter damit!«

Professorin E. begann, wieder eine Riesenzigarre zu rauchen, und verqualmte die ganze Veranda. Ich erkannte im Qualm ihre Umrisse, und es sah so aus, als würde sie zu einem Baum, als wüchsen ihr Äste, da, wo ihre Arme und Beine waren, und auf den Ästen wüchsen viele kleine Menschen.

Ich erkannte auf einem dieser Äste Andreas' Gesicht. Professorin E.s Stimme erklärte mir: »Das müssen Sie bei Ihren Vorträgen in Zukunft immer machen. Visualisieren Sie zuerst einen Baum, und lassen Sie Ihre Zuhörer auf den Ästen dieses Baums wachsen. Gerade Politiker und Firmenbosse leben völlig verblendet in ihren Scheinwelten, fühlen sich halb als Götter und Herrscher, die für ihre Ideale sterben würden. So jemanden zu knacken, ist gar nicht so einfach!«

Ich verstand nicht, wie Professorin E. die Visionen, die ich von ihr hatte, selber sehen konnte. Überrascht war ich jedoch nicht. »Haben Sie keine Angst! Probieren Sie es einfach aus. Wir fangen alle an unterschiedlichen Punkten an. Ich selber komme aus dem echten Arsch der Welt. Ich bin einen Weg gegangen, den andere gar nicht überlebt hätten. Also hör auf zu jammern. Es hört dir niemand zu, auch wenn du noch so plausible Fakten hast. Haben Sie keine Angst. Sie werden schon bald zu einer Vortragsmeisterin, der es immer gelingen wird, ihre Zuhörerschaft komplett in den Bann zu schlagen!«

Der Qualm lichtete sich langsam, ich hörte Professorin E. in der Hütte mit Tellern, Gläsern und Pfannen hantieren, es zischte, und bald zog ein wahnsinnig guter Curry-Duft in meine Nase. Sie rief mich hinein, dann schlug Professorin E. in der Küche völlig unerwartet mit der Faust auf einen Tisch, und ich zuckte zusammen.

»Ich glaube nicht, dass Ihre zwanghafte Aufmerksamkeit für Ihre eigenen zerbrechlichen Gefühle im Umgang mit einem Topmanager einer Bank der Sache dienlich sind.«

Ich hatte Professorin E. noch gar nichts davon erzählt, dass ich mich nach dem Kleiderkauf und der Begegnung mit Andreas und Robin wie auf Kleinhundegröße zusammengeschrumpft gefühlt hatte. Ich musste an meine Mutter denken, die mir beigebracht hatte, dass man seine Gedanken nie aus der Hand geben sollte, nur weil gerade ein bisschen Widerstand aufkam! Wenn man seine Gedanken aufgibt, dann interpretiert sie sofort ein anderer. Das ist gefährlich! Ich sprach in die Richtung, aus der es weiter himmlisch roch. »Es stimmt. Ich habe mich wie ein Wurm gefühlt, den man mit einer Mischung aus Furcht und Ekel zertreten möchte, um zu schauen, ob fester Brei zur Seite quillt oder nichts«, beschrieb ich die Situation. Aus der Küche war nur Zischen zu hören, ich hatte auf etwas mehr Verständnis gehofft.

»Man kann sich doch nicht immer nur einreden, dass auf lange Sicht alles in Ordnung sein wird. Das ist doch naiv«, versuchte ich es weiter. Wieder hörte ich nur Zischen.

»Niemand von den vielen Robins wird die wirtschaftlichen Probleme, die das Leben aller Menschen betreffen, wirklich lösen wollen. Alles, was diese Robins machen werden, ist, das System immer weiter zu ihrem eigenen Nutzen zu optimieren. Die strukturellen Ungleichheiten bleiben bestehen, die Ungerechtigkeiten auch!«

Jetzt tauchte Professorin E. mit zwei vollen Tellern auf, flüsterte: »Wir sollten nicht kalt essen.« Sie hielt mir den Teller mit dem roten Thai-Curry unter die Nase, ich zögerte kurz und sagte dann auch: »Ja, wir sollten nicht kalt essen!« Zufrieden lachte Professorin E., wir wollten uns gerade setzen, als es an die Türe klopfte und ein Unbekannter eintrat.

»Ich habe schlechte Knie, ich war auf einer Wanderung, die für meine schlechten Knie viel zu lange gedauert hat, und jetzt habe ich das Mittagessen im Senioren-und-arme-Leute-Zentrum verpasst.«

Professorin E. verschwand noch mal in der Küche, rief von dort: »Das ist Daniel«, und kam mit einer weiteren Portion rotem Curry zurück. Aus ihrer Hosentasche zog sie sechs Stäbchen, dann umarmte sie Daniel. Daniel nahm meine Hände, küsste sie, setzte sich, griff nach den Essstäbchen und schaufelte sich das rote Curry in den Mund, schmatzte laut und begann, von zwei Bären zu erzählen, die er unterwegs gesehen habe. Ich wollte protestieren, dass es in der näheren Umgebung von Lausanne sicher keine Bären gab, Professorin E. machte eine Geste, ich verstand und schwieg.

»Die Bären hatten Kopftücher um ihre Bärenschädel gebunden und fuhren auf Rollbrettern in die Stadt. – Aber warum fuhren die Bären in die Stadt?«, unterbrach sich Daniel selber. »Da immer mehr Menschen zur Erholung in die Wälder kommen, müssen die Bären immer öfter in die Stadt ausweichen und sich ihrerseits dort erholen. Die Bären, die ich getroffen habe, fuhren also in die Stadt, dort wollten sie die Türen zu irgendeiner Wohnung aufdrücken. Die unnützen Möbel wollten sie aus dem Fenster oder die Treppen runterwerfen. Ein Bär braucht kein Bett, sondern nur eine Ecke. Ein Bär legt seinen Schädel in eine ruhige Ecke, wenn er schlafen will.«

Daniel machte eine kurze Esspause. Ich fühlte mich glücklich wie ein kleines Kind, dem der Großvater vor dem Einschlafen eine frisch erfundene Geschichte erzählt. »Den Bären gefiel es in der Stadt irgendwann nicht mehr, und sie suchten ihren obersten Zauberbären auf. Dieser schnippte ein einziges Mal mit seinen Zauberbärentatzenfingern, und aus den Menschen wurden Spielzeugmenschen. Aus Autos wurden Spielzeugautos, aus Sesseln Spielzeugsessel, es gab nur noch Spielzeugflugzeuge und nur noch Spielzeugschlösser, Spielzeugfischer, Spielzeugärzte, Spielzeugkanus, Spielzeugferienhäuser, Spielzeugstraßen, Spielzeugpolizisten.«

Daniel lachte heiser, haute sich ein paarmal mit der flachen Hand auf den Bauch. In seiner Geschichte ging die Verwandlung in Spielsachen immer weiter.

Es gab also für die Spielzeugmenschen in ihren Spielzeugwohnungen Spielzeugkleiderbügel, sie telefonierten mit Spielzeugtelefonen und gingen auch nicht mehr in die richtigen Wälder, wo die Bären nun wieder in Ruhe wohnen konnten, sondern blieben in ihren Spielzeugwäldern. Wir lachten alle laut, aßen weiter rotes Curry, und als niemand mehr Hunger hatte, wischte Professorin E. den Tisch sauber und zog einen Satz mit zweiundzwanzig Tarotkarten aus ihrer Jacke. Jetzt erst bemerkte ich, dass das Waldbüro einem gemütlichen Restaurant glich, dessen Wände mit Instrumenten vollgehängt waren. Mit Mandolinen, Gitarren, Harfen, Lauten, Balalaikas. Als Professorin E. die Tarotkarten mischte, fingen die Instrumente an zu klingen. Eine eigenartige und zugleich wunderschöne Harmonie ertönte. Dann hielt sie mir die Karten hin und forderte mich auf, eine zu ziehen und auf den Tisch zu legen. Kaum lag die Karte offen da, begann Professorin E. so laut zu lachen, dass ich mir die Ohren zuhalten musste.

»Die Karte, die Sie gezogen haben, bedeutet: ›Die Raupe fragt sich nicht besorgt: Ooh, was wird wohl aus mir? Die Raupe verwandelt sich einfach!‹«

Professorin E. schaute mich eindringlich an. »Ich hoffe, Sie haben es nun verstanden.«

»Aha«, sagte Daniel, stand auf und verließ das Waldbüro.

»Ziehen Sie bitte noch eine Karte und stecken Sie sie unbesehen in Ihre Hosentasche, und dort lassen Sie die Karte, vor allem bei Ihrem nächsten Besuch in der Debit Bank Swiss.«

Ich spazierte durch den Wald zurück, fand die erwähnte Bushaltestelle und fuhr nach Hause.

Wenn man jemanden neu kennenlernt, hält man ihm die Hand hin. Am besten hält man gleich beide Hände hin und wartet ab, ob das Gegenüber einem etwas Rundes, etwas Großes, etwas Schönes in die Hände legt. Wenn nicht, ist's auch okay.

Andreas holte mich an der Pforte ab, ich musste meine Identitätskarte zeigen. Diesmal war er allein gekommen, Robin saß an seinem Massivholz-Schreibtisch. Vor Robins Schreibtisch stand ein gigantisches Ledersofa, in einer Zimmerecke lehnten zehn bis zwanzig Regenschirme. Einer fiel mir besonders auf. Der Holzgriff hatte die Form von zwei geschwungenen Adlerflügeln, und auf dem Stoff war ein Muster mit verschieden großen Adlerköpfen aufgedruckt.

Andreas wies mich an, auf dem Sofa Platz zu nehmen. Es klang nach Befehl. Ich versank leicht im Leder. Robin nahm zwei Baumnüsse aus der Schale, legte sie vor sich auf den Schreibtisch, ballte beide Fäuste und ließ sie gleichzeitig auf die Nüsse niederfahren. Robins Gesicht zuckte kurz vor Schmerz, die Schalen sprangen auf. Robin schien vergessen zu haben, dass ihm jemand zusah. »Dieser Druck, einfach immer nur die Kundengelder vermehren zu müssen, das bringt nichts! Und sobald der Markt ein bisschen stottert, bricht die große Panik und Verzweiflung aus, und alle Kunden wollen ihr Anlagegeld sofort zurück. Das ist ein völlig irres Hin und Her. Alles völlig schief. Wir haben mittlerweile riesige interne Probleme, weil alle gegen alle arbeiten. Die Kundenberater übertrumpfen sich mit dem Anschleppen von neuen Vermögen, die Portfoliomanager wollen die besten Prognose-Methoden haben, die Kundenbeziehungen werden nur noch manipulativ geführt, im richtigen Moment taucht dann ein unerwarteter Gewinnsprung im Depot auf, und so bleibt der Kunde ein weiteres Jahr treu.«

»Bin ich deshalb hier?«, fragte ich unsicher.

Robin lachte. »Ich habe noch unsere Mathematiker vergessen, die prahlen mit ihren Modellen, die Statistiker mit noch anderen Modellen, die Informatiker bluffen mit Algorithmen. Ich habe die Schnauze voll. Ich kann damit immer weniger anfangen. Unsere Köpfe sind doch plastische Gebilde? Da drin könnte doch viel mehr los sein!«

Robin schaute die zerbrochenen Nussschalen an, fingerte an den zerbröselten Kernen herum, dann schob er sich ein millimetergroßes Stück in den Mund und begann seinen Oberkörper immer heftiger hin- und herzuwiegen, bis ihm schließlich schwindlig wurde. Ich wurde unruhig, ein sirrender Ton setzte ein, ich erhob mich vom Sofa wie eine Königin von ihrem Thron und sagte: »Kommt ihr?«

Robin stand auf, Andreas zögerte und fragte: »Was ist?«

Kurze Zeit später bewegte sich Robin wie an der Spitze einer Prozession Richtung Vortragssaal durch die Flure der Debit Bank Swiss. Von überallher strömten Mitarbeiter hinzu. Bald war die gesamte Geschäftsleitung inklusive aller Assistenten und Assistentinnen, aller Händlerinnen und Analysten der Bank da, insgesamt sicher 300 Leute.

Robin stand vorn, wartete, bis sich die Hälfte der Menschen gesetzt hatte, schaute auf seine Uhr, zuckte mit den Schultern und begrüßte die Sitzungsteilnehmer: »Ich möchte euch Mikka vorstellen«, das war alles, was Robin sagte, bevor er sich in die erste Reihe setzte und in meine Richtung schaute.

Die Türen zum Vortragssaal schlossen sich wie von Geisterhand. Ich stand auf, begab mich nach vorn, breitete die Hände aus und visualisierte mir im Innern den fünfzackigen Stern, helles Licht legte sich auf meine Schultern. Es funktionierte.

»Ich weiß, dass ihr euch manchmal fühlt wie Boxer, die in einen aussichtslosen und unfairen Kampf geschickt werden. Ihr steht im Ring, ihr könnt nicht mehr raus, ihr versucht nur noch, Runde um Runde zu überleben, und hofft, dass euer Gegner müde wird oder einen Fehler macht. Ich möchte mit euch darüber reden, wie es wäre, auf so einen Kampf von Anfang an zu verzichten! So sollte kein Berufsalltag aussehen. Das muss nicht sein.«

Die versammelten Mitarbeiter der Debit Bank Swiss begannen laut durcheinanderzusprechen.

»Was möchtet ihr wissen?«, fragte ich in die Runde, und sofort meldete sich eine Mitarbeiterin: »Gibt es etwas anderes als Geld?«

»Vermutlich schon, warum fragst du das?«

»Weil Geld in meinen Augen und nach meiner Erfahrung immer mehr von seiner Wirkung einbüßt.«

»Sehr gut«, sagte ich. »Wenn das Geld also in seiner Wirkung nachlässt und du damit nichts mehr machen kannst, was machst du dann?«

Die Mitarbeiterin schwieg, dann sagte sie zögernd: »Ich verzichte auf Geld?«

»Ich glaube, dass die Frage ›Kannst du auf Geld verzichten?‹ eine der wichtigsten für die Zukunft ist. Ohne den Verzicht auf Geld wird es nicht weitergehen, meine Lieben. Das Problem beim Verzichten ist aber: Wieso soll *ich* verzichten, wenn mein Kollege nicht verzichtet!«

Jetzt erklang vielstimmiger Beifall.

»Zum Thema ›Kannst du auf Geld verzichten?‹ ist sehr, sehr lange nichts passiert. Wenn da nun etwas passieren sollte, dann muss es etwas Großes sein. Aber was genau, das wissen wir noch nicht!«

Ein anderer Mitarbeiter meldete sich. »Ich weiß wirklich nicht, worauf ich verzichten könnte. Ich kann auf nichts verzichten!«

»Auf 1500 Kalorien pro Tag? Wie wär's damit!«, sagte ich und schnippte mit dem Finger. »Schaut mich mal an …« Ich schnippte noch mal mit dem Finger. »Stellt euch vor, ich trüge, eine kurze, weiße verwaschene Hose und ein T-Shirt mit Bart Simpson vornedrauf statt meinen teuren Brioni-Maßanzug. Seht ihr das vor euch? Dann wäre ich in euren Augen fast nichts, oder? Also, worauf könnt ihr verzichten?«

Es herrschte eisiges Schweigen. »Euch fällt nichts ein? Ihr habt von allem zu viel. Ihr wisst gar nicht, was verzichten heißt! Ihr könnt die Frage nicht beantworten, weil ihr die Frage nicht versteht!«

Endlich äußerte sich eine Mitarbeiterin: »Ist es überhaupt erstrebenswert, dass all die herrlichen Möglichkeiten, die einem das Geld eröffnet, aus unseren Köpfen verschwinden?«

Ich schnippte wieder mit dem Finger, ich erkannte den dicken Mann mit den dünnen Ärmchen, der in Professorin E.s Vorlesung aufgestanden war. Er hatte einen sehr roten Kopf, seine dünnen Ärmchen fuchtelten ziemlich wild, und diesmal sprangen Knöpfe von seinem Hemd ab, als er loslegte: »Ich habe viel zu viel Geld, ich habe viel zu viel schlechte Stimmung, ich habe viel zu viel Freiheiten. Ich muss eigentlich nichts. Ist doch völlig absurd. Ich muss – außer ein paar physiologischen Zwängen wie Fressen, Scheißen, Atmen – nichts. Und Sie tauchen hier mit ihrer pseudo-rebellischen Verzichtsaufforderung auf! Was sollen die ganzen Konzepte, die darauf basieren, dass irgendjemand auf irgendetwas verzichten soll? Das wird doch nie funktionieren. Zum Mitschreiben: Alle Konzepte oder Ideen, die auf Verzicht basieren, werden scheitern.«

Der dicke Mann mit den dünnen Ärmchen setzte sich wieder und sank in sich zusammen. Nun stand Robin in der ersten Reihe auf, stellte sich neben mich. Ich legte ihm blitzschnell die Hand auf die Schulter, er atmete ein und begann mit seinen Mitarbeitern zu reden: »Nieder mit dem Wahn des Geldes, er ist leer!«, skandierte Robin rhythmisch und bewegte dazu seine Faust und begann neben mir Samba-Tanzschritte zu machen.

»Wir wollen keinen menschenleeren Wahn!« Robin tanzte weiter: »Wir sind faule Hexen!«

In seinem Hirn fanden Dutzende neue Verschaltungen statt.

»Nieder mit der totalen Herrschaft des Geldes über unser Gehirn!«

»Nieder!«, rief der Chor der Mitarbeiter. Ich tanzte vor dem großen Monitor an der Wand, auf den Hunderte Aktien-Indexe aus der ganzen Welt projiziert wurden. Aus dem Monitor begann Nebel zu strömen, und wenn ich mich im Nebel etwas auflöste, bewegten sich die Indexe flott nach unten; wenn ich wieder sichtbar wurde, gingen die Kurven steil nach oben. Mal fehlte mir kurz ein Bein, dann ein Teil meines Oberkörpers, mal sah man mich als Halb-Aufgelöste, dann als Drittel-Aufgelöste, dann war ich wieder ganz da und machte weiter:

»Ihr müsst aufhören mit eurem verdrehten Kapitalismus! Normalerweise beutet das Kapital ja die Arbeit aus. Bei euch ist es genau umgekehrt. Ihr beutet eure Eigentümer aus, höhlt die Substanz eurer Bank aus, in dem ihr euch für alles und jedes eine gigantische Belohnung auszahlt. Euer Wissensvorsprung gegenüber den Eigentümern ist viel zu groß. Die können nichts machen, um euren Selbstbedienungsladen zu schließen. Ihr habt offensichtlich völlig freie Hand. Das muss aufhören!«

Robin tanzte immer noch, die Lampen im Vortragssaal begannen miteinander zu kommunizieren, einigten sich auf einen Rhythmus, und bald blinkte das ganze Bürogebäude der Debit Bank Swiss freundlich in die Welt hinaus.

Manchmal lehnt man sich auf einem Sofa zurück und sagt einander Sachen wie: Ich mag Feuer, grüne Wiesen und vor allem das Meer. Man sitzt und schaut. Man redet über das Leben, den Tod, über Gorillas, und dann steht man langsam auf und geht und sagt dann vielleicht noch: Auf Wiedersehen, es war gemütlich in dieser Höhle, ich muss jetzt schlafen.

Es war an diesem Tag in der Debit Bank Swiss noch weitergegangen. Robin sagte: »Ich will nicht mehr jeden Morgen wie ein Fischer aufs Meer hinausfahren, um so viele Kunden wie möglich zu fangen. Ich will nicht bei jeder Sitzung erwähnen, dass wir die eingefangenen Kunden fressen müssen, bevor sie uns fressen! Die meisten unserer Kunden haben schon dermaßen viel Geld, die brauchen uns gar nicht.« Dann hatte er gerufen: »Heute werden unsere Speisezimmer mal ganz anders eingesetzt. Essen für alle. Die ganze Belegschaft soll königlich bewirtet werden.«

Ich saß an einem Tisch mit Robin, Andreas, einem Haustechniker, der Sebastian hieß, und einem

Hausmeister namens Angelo, weiter saßen da ein paar Analystinnen, einige Lehrlinge, es war eine bunte, gut gelaunte Runde, die da versammelt war. Nach ein paar Woher-kommst-du-wohin-gehst-du-Gesprächen wurde der erste Gang aus der Gourmetküche serviert.

Der Hausmeister schaute seinen Teller an, auf dem ein Sturzglas stand, und fragte den Haustechniker: »Was ist das?«

»Keine Ahnung«, bekam er zur Antwort, und beide lachten.

Ein Lehrling fragte: »Ist das vegan? Ich esse nur vegan.«

Ich machte einen Witz und sagte: »Das ist alles Gift. Robin will euch alle vergiften.«

Robin sagte nichts, er rieb sich zur Beruhigung kurz die Ärmel seines Brioni-Anzugs, dann erklärte er: »Das ist eine wunderbare Vorspeise aus unserer Küche. Im Glas sehen Sie Gänseleber, und das Farbige ist ein Mango-Passionsfrucht-Chutney. Chutney ist zerkleinertes Obst oder Gemüse, das mit Gewürzen eingekocht wird!«

»Marmelade«, sagte der Lehrling.

Robin nickte und führte vor, wie man diese Vorspeise zu sich nehmen könnte. Dann schaute er zu Andreas.

»Ich sehe, dass Sie uns etwas sagen möchten.

Spucken Sie's aus. Haben Sie auch eine Frage zum Menü?«

»Nein, nein mit dem Essen ist alles gut. Aber das Geld, das wir in unseren Taschen haben, das erzeugt sehr viel Unruhe und motiviert die Leute zu völlig sinnlosen Ausgaben. Die rennen in den Elektronik-Detailhandel, kaufen das x-te Computerzubehör oder kaufen irgendwelche Beautyprodukte zum Einreiben oder das zehnte Fitnessarmband, das dann zu Hause nur doch wieder auf einem vollgestellten Regal liegt und auf bewegtere Zeiten wartet.«

Schallendes Gelächter begleitete Andreas Ausführungen.

»Sie haben recht. Aber was ist, wenn ich etwas nicht Physisches kaufen würde, einen Asset zum Beispiel, der braucht ja streng genommen keinen Platz!«

Robin schaute in die Runde, stand auf und begann zu erklären, was Assets sind. Er kam mir vor wie ein Puppenspieler, der seine Geschichte zum Besten gab! Er machte es gut – der Lehrling, der Hausmeister und der Haustechniker hörten ihm aufmerksam zu.

»Assets sind Vermögen. Denkt mal an alles, was ihr besitzt. Das sind eure Assets. Also: Geld, Immobilien, Güter, aber auch eure Fähigkeiten, wertvolle Gegenstände, oder ihr habt wichtige Daten über mein Privatleben gesammelt, das wäre auch ein Asset. Oder einer von euch hat einen malenden Onkel, der wertvolle Kunstwerke herstellt. Wir hier in der Debit Bank Swiss sind sehr beschränkt und meinen mit Assets eigentlich nur Aktien.«

»Genau, danke, Robin«, nahm Andreas den Faden wieder auf. »Wir haben doch alle viel zu viel Geld und wissen nicht, wohin damit, verlieren unglaublich viel Zeit mit Überlegungen, was wir noch kaufen könnten. Müllen dann mit dem Gekauften unsere Wohnungen zu, irgendwann fällt uns der angehäufte Konsumberg über dem Kopf zusammen und begräbt uns. Da ist die Frage, ob es nicht besser wäre, nichts Physisches mehr zu kaufen, doch gut!«

»War es das, was du uns sagen wolltest?«, fragte ich.

Andreas nickte zufrieden, Robin begann sich zu verkrampfen, ich versuchte, Robins Energie zu kontrollieren, es gelang mir nicht, ich bekam es mit der Angst zu tun. Noch bemerkte keiner der versammelten Mitarbeiter, die gut gelaunt die weiteren Gourmetkreationen aus der Debit-Bank-Küche aßen, das drohende Donnerwerter. Shrimps wurden auf einem fein geschnittenen Salatherzen serviert. Anschließend gab es marinierte Entenbrust mit Kirschen und Kartoffel-Mousseline. Robins

Blick verdüsterte sich zusehends, ungläubig schaute er in die Runde und hatte plötzlich keine Ahnung, warum er mit Mitarbeitern, die er noch nie gesehen hatte, von denen er zum Teil nicht einmal gewusst hatte, zusammen an einem Tisch saß und warum teure Gourmetkreationen aufgetischt wurden, die keiner der Anwesenden verdient hatte.

Ich spürte die Realitätsblitze näher kommen, Robin wurde immer bedrohlicher und größer, Schweiß rann mir über das Gesicht, als mich Andreas fragte, ob es mir gut gehe.

Mir fiel keine gute Antwort ein. Nicht einmal der Name meiner Mutter fiel mir ein.

»Mir geht's gut«, sagte ich, während mir noch mehr Schweiß übers Gesicht lief.

»Mir geht's gut«, sagte ich und verdrehte die Augen, als wären sie Murmeln. Robin begann zu toben, gerade als die Kellner dabei waren, flambierte Erdbeeren auf Crêpe und Pistazien-Eis zu servieren. Er schaute mich böse an. Je länger er mich anschaute, desto kleiner wurde ich.

»Wir können nur erfolgreich sein, wenn wir etwas leisten! Und wenn wir etwas leisten, dann können wir uns auch persönlich etwas leisten! Hat jeder hier am Tisch einen Sportwagen, eine Segeljacht, zwei Immobilien? Nein! Die meisten, die ich hier sehe, sind doch völlig ehrgeizlos und haben keine Ahnung, wie man wirklich reich wird! Jeder hier am Tisch muss erfolgreich sein und ohne Zögern sagen können: Mein Traum ist ein Sportwagen, mein Traum ist eine Segeljacht! Jeder soll sich diesen Sportwagen oder diese Segeljacht leisten und hart darauf hinarbeiten. Das ist etwas Positives! Wenn man erfolgreich arbeitet, wenn man seine Finanzen im Griff hat, wenn man seine Hausaufgaben macht, dann kann man sich etwas leisten!«

Die Hälfte der versammelten Mitarbeiter war ganz mit dem Dessert beschäftigt und hörte nur mit halbem Ohr zu. Robin zeigte auf den Lehrling: »Weißt du überhaupt, was es heißt, fokussiert zu sein?«

Robin rief nach dem Küchenpersonal und befahl, den Tisch sofort abzuräumen, und zeigte auf Andreas: »Wenn du fokussiert bist, kannst du dir was leisten! Wenn dein Zeitmanagement fokussiert ist, brauchst du nicht drei Anschlussflüge und musst nicht den ganzen Tag unterwegs sein, sondern fliegst mit dem Privatjet zum Kundentermin. Das ist eine Frage der Energie! Verstehst du das!«

Andreas hörte die Stimme seines Chefs und wiederholte aus gewohntem Reflex: »Ja, Fokus, ja Privatjet. Ja. Nein, nicht umsteigen! Ja, genauso weitermachen, nein, nicht langsamer, nein nicht weniger, sondern mehr. Ja, mehr!«

Ich begann mit meiner Reparatur. Stellte mir vor, wie mein Körper immer größer wurde, wie ich mich immer weiter ausdehnte, wie erste Körperteile das Speisezimmer der Debit Bank Swiss verließen. Stellte mir weiter vor, wie andere Körperteile die Stadtgrenze erreichten.

Ich hatte wieder etwas Kraft und kümmerte mich um Andreas, schlug ihm mit der Hand in den Nacken, dass es klatschte.

Nun widersprach Andreas Robin direkt:

»Aber wenn jemand dieses Erfolgsmodell anzweifelt? Was sagst du dann?«

Robin schob sich zwischen mich und Andreas: »Das perlt an mir ab! Verstehst du? Das hat keinen Platz. Es braucht Leute, die bereit sind, 80 Stunden pro Woche zu arbeiten, die Verantwortung übernehmen, solche Leute braucht's! Und wenn einer von denen zehn Millionen verdient. Warum nicht? Oder zwanzig Millionen, oder hundert von mir aus. Es gibt nichts Schöneres für mich, als nach Hause zu kommen, mit meiner Familie zu Abend zu essen, und dann sagt meine Frau: ›Mein Lieber, bist du heute wieder um die halbe Welt geflogen, hast du wieder an deinem Bonus gefeilt, du kleiner Hochstapler.‹ Das ist wunderschön!«

Ich schob Andreas vor mir her wie einen Schutzschild, Robin trieb alle Mitarbeiter zurück an die

Arbeit; wer sich nicht schnell genug von seinem Platz erhob, dem drohte er mit fristloser Entlassung. Er schrie und tobte: »Neid und Neid und Neid! Die Leute an sich sind gar nicht neidisch. Das ist völliger Humbug, dass alle neidisch sind. Das stimmt gar nicht. Ach, leckt mich doch alle!«

Dann endlich war Ruhe. Ich fühlte mich wie ein kleiner Hund und hatte das Speisezimmer hinter Andreas hergehend verlassen. Man sollte ein wildes Biest nie provozieren. Ich lief davon und kauerte mich, als ich endlich in meiner Studentenwohnung im Maison des Cèdres ankam, neben mein Bett.

Mein Ruf ist unsterblich, mein Ruhm ist nicht auslöschbar. Meine Verwandten sterben, meine Tanten und meine Onkel sterben, meine Eltern sind schon zur Hälfte tot, eines Tages werde auch ich sterben. Nur die Geschichten, die man über mich erzählt, und wie ich, ohne mit der Wimper zu zucken, bewundernswert stoisch gelebt habe, das wird bleiben.

Ich öffnete das Fenster meiner Studentenwohnung, hörte das Wasser, hörte den Wind, fühlte den Wind auf meiner Haut und dachte: Die Zeit ist reif für Rebellion! Rebellion ist zwar Kitsch, aber nötig. Ich rief Professorin E. an und gestand meinen Schwächeanfall. »Du musst nicht alles glauben, was Robin erzählt«, tadelte sie mich.

»War das ein Test, eine Prüfung, von der ich nichts gewusst hatte?«

»Nein, nein, Robin will dir vertrauen, das wird schon. Freu dich einfach auf die teuer parfümierten Manager mit ihren geföhnten Haaren.«

Professorin E. ermahnte mich weiter: »Du bist gekommen, und jetzt bist du hier, und du solltest dich auf die Zukunft konzentrieren, nicht auf die Vergangenheit.«

Das tat ich. Was ich vorhatte, war, wie auf einem brennenden Fahrrad fahren! Ich zog meinen Brioni-Anzug an, drehte mich vor dem Spiegel um die eigene Achse, nahm meine Aktentaschen und legte stapelweise weißes Druckerpapier hinein. Es ist nicht meine Aufgabe, der Führungselite der Debit Bank Swiss zu sagen: »Hey, ich biete euch eine gute Zeit! Haha, komm, wir klopfen uns auf die Schultern, schreiben ein paar bunte Texte an die Wand und rauchen einen Joint!« Ich werde sagen: »Ich werde euch zeigen, dass eure dauerbeschleunigte Akkumulationsorgie nur zu Depression oder Aggression führt.«

Als ich ankam, hatte Robin bereits die ganze Geschäftsleitung der Debit Bank Swiss versammelt. Es roch nach frischem Kaffee und dezent nach Sandelholz. Meine Schritte waren groß, und mein Körper fühlte sich unglaublich leicht an, es war, als lägen Rosenblätter und Kirschblüten auf dem Boden und als würde mein Eintreffen gefeiert wie das Eintreten des Brautpaars in die Kirche. Ich lächelte, grüßte, nickte. Der Kaffee war gut, der Kuchen auch. Alle warteten mit weit geöffneten, hoffnungsvollen Augen und erinnerten an etwas dick geratene Marzipanengel.

Wenn die Führungselite der Debit Bank Swiss von Freiheit redete, ging es immer nur um die Freiheit des Geldes, darum, immense Mengen davon anzuhäufen, am liebsten, ohne dass es besteuert oder nachverfolgt werden konnte. Und natürlich hieß es, dass Steuern im Grunde Diebstahl seien. Mein Plan hingegen war, diese Freiheit des Geldes komplett auszulöschen. Eine freie Gesellschaft braucht einen gebändigten Markt. Ich wollte mit der Führungselite nicht um Positionen zu diesem Thema ringen, sondern eine wirkliche Auseinandersetzung auslösen.

Der Teppich im Vortragssaal war grau und schön weich, sodass man sich sofort drauflegen wollte. Ich hatte veranlasst, den Saal so einzurichten, dass die Stuhlreihen im Halbkreis um eine große freie Fläche herum aufgestellt waren.

Robin hielt eine kurze Ansprache mit mehr oder weniger dem Inhalt »Auf zu neuen Ufern« und verkündete, dass dafür bald ein neues Department gegründet werden sollte. Mich stellte er als Visionshelferin und wissenschaftliches Wunderkind vor und wünschte uns allen einen spannenden Tag. Ich verbeugte mich kurz, zog meine Schuhe aus und legte mich auf den Teppich. Robin, mit dem ich das Vorgehen besprochen hatte, machte das Gleiche, es dauerte nicht lang, bis die gesamte Geschäftsleitung der Debit Bank Swiss auf dem Teppich lag. Einige der Manager warfen sich fast zu Boden, andere zupften etwas besorgt an den exakt gebügelten Anzügen herum, versuchten, sie am Rücken straff auf dem Boden auszubreiten, damit es nicht zu sehr knitterte, andere öffneten sich gleich den Hosenbund, es gab offensichtlich Kader mit Erfahrungen in Entspannungstechniken und Hypnose. Ich lag auf dem Rücken und lachte stumm. Dann legte ich meine Hände auf meinem Bauch ineinander, bis sie warm wurden, während die versammelte Geschäftsleitung der Debit Bank Swiss darauf wartete, dass etwas passierte.

Ich begann mit meiner Begrüßung: »Schickt alle Gedanken weg, die euch sagen ›Ich bin wichtig, ich bin wichtig, ich bin wichtig‹! Schickt alle Gedanken weg, die euch sagen: ›Ich bin der Boss, ich bin der Boss, ich bin derjenige, der den Laden hier am Laufen hält, ich bin die Wichtigste, die Größte! Eigentlich sollte mein Name an dieser und jener Türe stehen!‹ Schickt diese Gedanken alle weg. Wir sind alle unwichtig! Wir sind instabile Türme, mit Rissen in der Fassade. Wir sind zu hoch geworden, haben keine stabile Basis, keinen Stand und keinen einzigen Verbündeten mehr. Ein laues Lüftchen reicht, um uns zum Einsturz zu bringen.«

Jetzt lachten einige Mitglieder der liegenden Geschäftsleitung der Debit Bank Swiss ungehemmt vor sich hin, andere schmunzelten, einige wimmerten wie verängstige Babys, und einige atmeten heftig aus.

Einer sagte: »Andreas hat einmal etwas von einer Formel erzählt. Stimmt das, Mikka, hast du so eine Formel?«

Bei Andreas setzte nervöses Lachen ein. Ich fragte ihn: »Möchtest du deinen Kollegen erklären, wieso wir alle hier sind?« Andreas hob den Kopf und schaute mich an. »Denkt ihr wirklich, Andreas könnte eine Formel von mir bewerten?«

Einzelne Mitglieder der Geschäftsleitung der Debit Bank Swiss begannen zögerlich zu lachen. Robin prustete laut los: »Es gibt also im engen Sinn kein Geheimnis, keine Formel, nichts?«

»Das ist typisch menschlich, dass man sich wünscht, es gäbe ein Geheimnis oder eine Formel. Das ist normal. Die Menschheit ist wie eine Ziegenherde. Man versucht die Ziegen anfangs noch zu hüten und ihnen zu erklären, dass es gutes und genug Futter in unmittelbarer Nähe gibt. Die Ziegen gehen dann aber immer weiter weg und suchen noch besseres Futter, obwohl sie alles vor der Nase hätten, man versucht dann, durch den Einsatz eines Hirtenstocks die Herde zusammenzuhalten, es nützt bald nichts mehr. Die Ziegen haben immer weniger Respekt, bis man gar keine Chance mehr hat, die Herde zusammenzuhalten, bis sie allmählich verblasst und am Abend, wenn die Sonne sinkt, ganz verschwunden ist und man sie vollständig aus den Augen verloren hat!«

Ich erklärte weiter, dass der Grund für meine Anwesenheit ein anderer sei. Robin wollte die Geschichte mit der Ziegenherde weiter vertiefen, er fand sie herrlich, irrsinnig und persönlich.

»Die Menschheit als Ziegenherde, das gefällt mir sehr gut. Das sind unsere Kunden! Unsere Kunden sind hochtrabend«, Robin war völlig aus dem Häuschen. Andreas schaute mich ungläubig an, schüttelte den Kopf und widersprach: »Ich finde diese Ziegengeschichte eher pseudogeistreich und pseudosentimental, ein bisschen wie Tiefsinn aus der Tube.« Jetzt musste ich lachen und gratulierte Andreas.

»Aus der Tube, das ist super! Tiefsinn aus dem Supermarkt, aus der XXL-Gefühlstube rausgedrückt. Das ist wirklich super. XXL-Gefühlstube!«

Ich ermunterte die Meeting-Teilnehmer, sich zu konzentrieren, in sich zu horchen und alle Themen, die auftauchten, zur Sprache zu bringen. Ich drehte meinen Kopf etwas zur Seite, sah sich hebende und senkende Bäuche. Robin unterstützte mich: »Ich bin zutiefst überzeugt davon, dass jeder Gedanke genutzt werden muss! Haltet nichts zurück!« Es sah aus, als ob Robin ein großer Märchenbauch wuchs, während er dalag und sprach. Er sah aus wie ein gemütlicher Großvater, leicht versunken, leicht dösend.

Nun war Marcia, die Marketingchefin, zu hören. Sie klang etwas zorniger, etwas autoritärer, ihr Bauch war ebenfalls gewachsen, sie war wundervoll schwanger, während sie sich an ihre Kollegen wandte, fast wie eine Priesterin: »Wir sind in einem riesengroßen Pac-Man-Spiel gelandet, und wir werden wohl auch selber bald alle gefressen werden. Wir haben unsere Seelen verkauft an eine riesengroße Superknospe! Stellt euch das mal vor. Ich habe es ohne größeren Kratzer durch euren beschissenen sexistischen Schleimhaufen geschafft.«

In der Mitte des Raums begann diese Superknospe nun tatsächlich zu wachsen, giftgrün, strotzend vor Vitalität. Die Superknospe breitete sich aus, drückte ein paar Büromöbel an die Wände. Ich bekam ebenfalls einen wunderschönen Bauch und zusätzlich wunderbar langes Haar, ich sah aus wie eine Göttin und setzte mich oben auf die Superknospe.

Marcias Stimme schallte weiter: »Ihr denkt, dass ihr Leben schaffen könnt, Stämme gründen, den Kosmos erforschen, den Weltraum erobern, das ganze Programm. Ihr denkt, ihr könnt euch weiterhin ein hübsch verpacktes, exklusives Mini-Schöpfungsuniversum basteln?« Marcias Stimme wurde nun richtig laut: »Ich bin entsetzt, wie simpel ihr euch das alles vorstellt. Nahrung hamstern, alles erobern, alles fressen, alles töten? Was ihr euch ausgedacht habt, ist ein vollkommener Witz. Gier ist euer einziger Antrieb, ihr habt überhaupt keine Ziele. Eure einzige Sorge ist, was euch bei möglichen Verlusten passieren könnte. Das ist nichts! Ihr seid erbärmliche Einzeller.«

Die Superknospe schimmerte und glänzte, Marcia war mittlerweile aufgestanden und schmiegte sich neben mir an die Superknospe. Es donnerte und blitzte, eine Nebelwolke breitete sich im Vortragssaal aus, der Sicherheitsdienst klopfte an die Tür. Ich konzentrierte mich, schaute Richtung Tür, der Sicherheitsdienst ging weiter. Es donnerte wieder, ich stieg von der Superknospe herunter, begann auf meinen Bauch zu trommeln. Der gesamte Vortragssaal begann, sich auf den Bauch zu trommeln. Das Trommeln wurde immer lauter, der Teppich begann die Schallwellen aufzunehmen, wurde zu einem Teich, der von unregelmäßig fallenden Regentropfen massiert wurde. Ich hörte mit dem Trommeln auf, es wurde sofort still: »Ein Handelssystem, das nur auf Gewinn beruht, ist vollkommen in Ordnung, solang man sich darüber im Klaren ist, dass es bei Verlusten keine Rettung mehr gibt. Diese Lektion müsstet ihr irgendwie verstehen. Oder? Und was ein Blitz ist, das müsstet ihr auch wissen. Oder? Und dass jeder und jede einmal im Leben richtig von so einem Blitz getroffen werden sollte. Das ist sehr erstrebenswert! Sich vom Blitz treffen lassen. Man muss nur im richtigen Moment dastehen. Zack! Erleuchtung! Zack! Problem erkannt. Zack! Lasst euch vom Blitz treffen!«

Die Geschäftsleitung der Debit Bank Swiss wurde von dem sich immer heftiger wallenden Teppich wie kleine Kinder von ihren Eltern in einem aufgespannten Tuch in die Höhe geschleudert und sanft wieder aufgefangen. Ein vielstimmiges Kichern und Jauchzen erklang, ich sprach zu den Mitgliedern der Geschäftsleitung der Debit Bank Swiss wie eine Mutter zu ihrem ungeborenen Kind. Ohne Distanz, liebevoll, bedingungslos verbunden.

»Es war einmal eine Bank, da arbeiteten nur Leute, die sich massiv überschätzten. Leute, die bei der nächsten größeren Herausforderung Opfer ihrer anmaßenden Selbstüberschätzung werden würden. Leute, die mit Wertmaßstäben aus dem achtzehnten oder neunzehnten Jahrhundert lebten. Unterschiedlicher Fleiß ergibt unterschiedlichen Reichtum, und noch andere mystische Ideen kursierten unter den Leuten in dieser Bank. Leute die keine

Ahnung haben, dass Geldströme nicht alles sind, was es gibt. Dass Geldströme nichts Göttliches sind und deshalb auch jederzeit versiegen können. In dieser Bank wusste keiner, dass zu jedem Geldstrom eine gute Geschichte gehörte und nicht nur ein mit Luft gefülltes Rohr. In dieser Bank wusste keiner, dass eine Transaktion ohne Geschichte demzufolge ein Nichts war!«

Ich hielt kurz inne und fragte dann in die Runde: »Wenn ihr Transaktionen mit nichts macht, müsstet ihr dann nicht damit rechnen, dass euer Transaktionsgegenüber das irgendwann merkt, dass ihr ihm oder ihr gar nichts gegeben habt?«

Verzögert hörte ich einige »Ja«, einige »Nein«, einige Stöhngeräusche, und auch Andreas' helles Lachen konnte ich hören.

»Und was macht ihr, wenn euer Gegenüber dann plötzlich euch will anstelle dieses Nichts? Habt ihr euch das schon mal überlegt, dass für jede Transaktion, die nicht dazu dient, konkrete Güter oder Dienstleistungen zu bezahlen, die Verursacher der Transaktion als Grundlage genommen werden könnten, um den fehlenden konkreten Transaktionshintergrund zu liefern?«

Andreas sprang auf: »Ja genau! Wenn du Transaktionen mit nichts durchführst, dann wirst du selber als Transaktionsinhalt herhalten müssen. Das ist es, was passieren wird, wenn wir in diesem egozentrischen System stecken bleiben!«

Die Mitglieder der Geschäftsleitung lagen schwitzend am Boden. Sie sahen plötzlich, wo das alles hinführen würde. Am besten konnte es Robin formulieren.

»Wir bleiben mit unserem narzisstischen Wunsch nach dauernder Befriedigung stecken. Wir sehen nur noch Feinde, die uns ausbremsen oder bescheißen wollen. Wir werden frustriert oder wütend. Wir schämen uns, wenn wir von anderen über den Tisch gezogen werden. Wir beginnen zu zweifeln.«

Das Licht im Vortragssaal wurde blendend hell, das war das Signal, dass das Meeting vorbei war. Die Mitglieder der Geschäftsleitung der Debit Bank Swiss wachten langsam auf und verließen den Vortragssaal. Einige kontrollierten ihre Bäuche, die wieder auf den normalen Umfang geschrumpft waren.

Wenn es Rumpunsch gibt, sind alle guter Stimmung. Wenn der Punsch stärker wird, sind alle noch besserer Stimmung. Aber irgendwann ist der Rumpunsch alle, und die Partygäste wollen noch mehr, rennen herum, werden nervös. Dann, spätestens, sollte man sie nach Hause schicken.

Ich machte mich erneut auf den Weg zur Debit Bank Swiss, wischte mir die Frühstücksreste vom Mund. Ich stieg in den Zug und kam gut gelaunt in Genf an. Die Rezeptionistin grüßte schmunzelnd. Ich war nun die verrückte Wissenschaftlerin, ich sah unverschämt gut und ausgeschlafen aus. Die gesamte Marketingabteilung holte mich an der Pforte ab, im Fahrstuhl begann Marcia mögliche Namen für das neue Department vorzulesen: Argonaut Capital Management, Fontaine Capital Management, Capital Partners And Friends. Unterbrochen wurde ihre Aufzählung nur durch die Glocke, die bei jeder Etage, die der Lift passierte, würdevoll erklang. Ich rieb mir die Augen.

Ich erfuhr, dass dafür eine ganze Etage eingerichtet wurde. »Onnepekka Pankki«, sagte ich zwischen zwei Klingeltönen. »So nenne ich das Department.« Eine Mitarbeiterin der Marketingabteilung wollte mehr über den Namen wissen, damit sie später den Medien eine gute Geschichte kommunizieren konnte. Ich verwies auf meine finnischen Wurzeln. Onnepekka hieß Glückspilz, und Onnepekka Pankki: Glückspilzbank. Marcia lachte interessiert. Sie wirkte auf ihre Mitarbeiter gerade alt genug und professionell genug, um jemand zu sein, den man beeindrucken sollte, aber noch nicht so professionell, dass nicht eine minimale Chance bestand, mit ihr im Bett zu landen. Marcia gab sich keine Mühe, diese Vorstellung ihrer Mitarbeiter und Mitarbeiterinnen zu zerstören, sondern nutzte sie schamlos aus.

»Glückspilzbank, das ist echt poetisch. Geld auf der Bank zu haben, macht nicht glücklich. Aber wenn man traurig ist, ist es schöner, im Taxi zu weinen, als in der U-Bahn, nicht wahr«, lachte Marcia und verdrehte die Augen, da erschien auch schon ein Jurist und verlangte von mir eine Vollmacht, damit möglichst schnell eine AG mit dem Namen Onnepekka Pankki gegründet werden konnte. Ich wurde in ein Zimmer geführt. Der Jurist erklärte mir, dass ich die einzige Besitzerin der zu gründenden AG sein werde. Als Gründungskapital legte er 500 000 Franken fest.

»Wir übernehmen das komplett, ohne Darlehen oder Anteile zeichnen zu wollen. Wir schenken Ihnen das!«

»Ein Geschenk, ein Geschenk!«, lachte ich und machte im Rücken des Juristen Grimassen. »Oder sagen wir doch gleich, 1 000 000 Franken, das ist glaubwürdiger!«

Als die Vollmacht unterzeichnet war, rannte der Jurist mit den Gründungsunterlagen zu einem befreundeten Notar, und ich wurde von Robin abgeholt, der mit mir über Personalfragen der Onnepekka Pankki reden wollte. Ich schob Robin vor mir her, drängte ihn in ein kleines Büro. Sein Gesicht wurde rot, seine Haare begannen zu knistern, seine Augen sprangen ihm fast aus dem Gesicht. Ich drückte Robin in einen Stuhl. Ich legte ihm meine Hand auf die Schulter, die schnell feuerheiß wurde. Er sank zusammen. Ich wartete kurz, dann rief ich Andreas an. Als er nach ein paar Minuten auftauchte, fragte er so unbeteiligt, als würde er in einem Labor durch ein Vergrößerungsglas schauen: »Was macht er?«

»Weißt du, was Kapitalismus-Molusken sind?«, fragte ich Andreas und hielt kurz meinen Finger auf Robins rote Lippen.

Ich forderte Andreas auf, sich Notizen zu machen. Er nickte erwartungsvoll.

»Ab sofort sind die Wörter Trade, Deal und Performance verboten. Wenn jemand eins dieser Wörter sagt, wird er oder sie sofort fristlos entlassen. Wir sagen nicht mehr: Das ist ein gutes Geschäft! Wir hören auf, uns mit allen zu vergleichen. Weil wir wissen, dass uns das nur depressiv, lethargisch und selbstmordgefährdet macht. Wir pflegen keine Aufstiegshoffnungen mehr. Wir freuen uns, wenn wir bleiben, wer wir sind, oder wenn wir weniger werden, als wir sind. Wir fühlen uns nicht mehr benachteiligt, wenn etwas nicht in Erfüllung geht. Dann sagen wir einfach, wir sind genug, wir haben genug. Hast du das alles?« Andreas nickte, dann schüttelte er den Kopf.

Ich hielt inne und wartete, bis er nur noch nickte. Dann begann ich, Robins Schulter zu massieren, wies Andreas an, weiterzuschreiben, sobald Robin zu sprechen beginnen würde. Robin richtete sich auf und führte weiter, was ich begonnen hatte: »Wir haben lange große Sandburgen gebaut. Wir müssen unsere Fühler nun nach etwas Neuem ausstrecken.« Robin stand auf, federte auf seinen Zehenspitzen auf und ab, als wäre er ein Ballettmeister, und machte sich auf den Weg in sein Büro.

Sei eine Spinne, wirf nichts weg. Flieg an deinem Spinnenfaden davon wie ein Kinderdrache im Wind. Lande wieder, geh dann zur Lampe. Dort wirst du eine Schildkröte finden, die schöne grüne Stiefel trägt.

Alle Mitarbeiter, die von der Debit Bank Swiss in die Onnenpekka Pankki transferiert wurden, hatten große Büros für sich allein. Ich wollte nicht, dass sie sich wie in einem Stall fühlen mussten. Ich verabscheue Großraumbüros, wo jedem der Geruch von fremdem Essen, fremdem Parfüm und fremde Musik zugemutet werden. Zu Beginn jedes Arbeitstags schritt ich durch den kreisförmig geschwungenen Flur, von dem aus alle Büros abzweigten. Mein Büro lag zentral in der Mitte und war komplett offen. Es gab keine Wände, keine Türen, nur mehrere weiße Tücher hingen hintereinander von der Decke.

Das erste Tuch war aus einem festen Stoff, danach kamen immer leichtere Stoffe, und das letzte Tuch war nur noch ein Hauch. Auf meinem morgendlichen Rundgang streckte ich meine Hände sanft in die Büros meiner Mitarbeiter und Mitarbeiterinnen. Einige flüsterten eine Frage in meine Hände wie in den Hörer eines Telefons, andere sprachen die Frage laut aus, als ob sie mit einem alten tauben Hund schimpfen würden. Meine Hände begannen zu zucken, die fragenden Mitarbeiter fühlten eine sanfte Berührung und einen leichten Zug in der Wirbelsäule und hatten danach das Bedürfnis, sich aufzurichten. Es war schwierig zu erklären, was genau passierte. Einer nach dem anderen stand auf, und schließlich folgten sie mir alle ins Sitzungszimmer. Es roch nach Zimt, Koriander und Anis.

Wir arbeiteten weiter an der Transformation der Debit Bank Swiss. Ich hatte Andreas zum Chief Development Officer für die Onnepekka Pankki AG ernannt. Es ging um Kundenkategorien, die bei der Debit Bank Swiss belassen, und um andere, die zur Onnepekka Pankki verschoben werden sollten. Für ruhige, mittelreiche Kunden waren wissenschaftlich erprobte Investitionsstrategien vorgesehen, die Sinn ergaben und deren Risikofaktoren und Risikoprämien gut bekannt waren. Den ruhigen mittelreichen Kunden wurde das Handwerk des Investierens als eine mathematische und handelstechnische Geschichte verkauft, die auf ein paar wenigen bewährten, relativ langweiligen Regeln beruhte, die langfristig gut funktionierten.

Diese Kunden sollten in der Debit Bank Swiss belassen werden.

Die schwerreichen und ultraschwerreichen Kunden sollten zur Onnepekka Pankki wechseln.

Für diese Kunden sollte ich neue Produkte erfinden. Und neue individuelle Beratungsformate.

»Wir haben magische Hände für Börsengeschäfte, und unser Herzschlag ist mit allen Ticker-Bewegungen sämtlicher Börsen der Welt verbunden. Wir helfen ihnen, ihren Reichtum schön aufzulösen, wäre das ein Ansatz?«, fragte ich in die Runde. Andreas bekam leuchtende Augen. »Das ist sehr gut. Wir wissen, dass 60 % der ultraschwerreichen Kunden ihr Geld aus schlechtem Gewissen eigentlich verlieren wollen. Das sagen sie auch immer wieder.

Wie viele Menschen unser Planet nachhaltig versorgen kann, weiß niemand. Was sicher ist, zehn Milliarden sind zu viel! Auch deshalb ist es sicher ein gutes Modell, wenn man sich auflösen und so weiterleben kann. So können Schwerreiche die sozialen, ökologischen und ethischen Konsequenzen ihres Reichtums besser steuern. Es ist unsere Pflicht, ihnen dabei zu helfen, zum Beispiel mit unsinnig hohen Transaktionskosten und übertriebenen Gebührenmodellen. 50 % der Gewinne gehen an uns, wie findest du das?«

»Andreas, wir wollen etablierte Wege verlassen

und an gewohnten Methoden rütteln. Aber hohe Gebühren? Das ist doch nicht kreativ, oder? Und ich habe doch gesagt, wir möchten den Reichtum schön auflösen.«

Andreas errötete, ich beschrieb, wie der Umgang mit diesen ultraschwerreichen Kunden aussehen könnte. Ich äußerte mein Verständnis, dass die Beschäftigung mit diesen Kunden überfordernd sein kann. Ich kniff mich in die Wange, zog an meinem Zeigefinger, bis ich ihn fast um den eigenen Arm schlingen konnte. »Schaut, das ist es! Das trägt jeder von euch in sich«, sagte ich. Mein Finger sah aus wie ein keltischer Armring mit einer Schlange. Ich fuhr weiter, definierte den ultraschwerreichen Kunden als einen, der nach ganzer Helle, also nach ganzer Auflösung strebte. Ich stellte mich vorn für alle gut sichtbar hin, und wer mich genau beobachtete, sah, dass sich einige meiner Körperteile auflösten und wieder zusammensetzten. Mal war ein Arm kurz weg, mal ein Bein, mal war der Oberkörper noch da, aber Teile meines Gesichts kurz weg und so weiter. Dann erklärte ich: »Im Grunde wissen die ultraschwerreichen Kunden ganz genau, wohin sie wollen. Sie wollen weder Projektionsfläche sein für arme Menschen noch für Politiker, die nur darauf aus sind, sie für ihren nächsten Wahlkampf zu schröpfen. Die ultraschwerreichen Kunden wissen, wohin sie wollen, sie wissen nur noch nicht, wie sie es anstellen sollen. Und wir helfen ihnen nun dabei.«

Andreas applaudierte, er war ganz euphorisch.

»Ultraschwerreiche Kunden wollen, wie es Andreas richtig gesagt hat, ihr Geld verlieren, weil sie sich schuldig fühlen, das ist der Kern. Mit den Verlusten wollen ultraschwerreiche Kunden für ihr Schuldgefühle bezahlen! Und weil das nicht reicht, möchten ultraschwerreiche Kunden längerfristig irgendwie auch sich selber verlieren.« Die versammelten Mitarbeiter rieben sich die Augen. Marcia meldete sich zu Wort: »Seid ihr sicher, dass wir das dürfen?«

Andreas warf sofort ein: »Ja, ganz sicher, das sind nicht wir. Die Kunden wollen das! Das weiß ich nun wirklich aus meiner langjährigen Tätigkeit.«

Marcia überlegte: »Statt Schuhe zu kaufen, kauft man einfach sämtliche Wegstrecken, die man zurücklegen möchte! Und weil du den Weg kaufst, hast du ihn ja schon zurückgelegt und musst ihn nicht mehr gehen, deshalb brauchst du auch keine Schuhe mehr. Das ist genial!« Und nach einer kurzen Pause sagte sie: »Unser einziger Auftrag ist es also, für unsere ultraschwerreichen Kunden das Geld möglichst schnell zu verlieren und ihnen diese Last abzunehmen?«

»Ja, und wir müssen natürlich auch dafür sorgen, dass sich diese Kunden zusammen mit ihrem Vermögen auflösen, damit sie mit ihrer neu gewonnenen Freiheit auch etwas anfangen können. Die ultraschwerreichen Kunden wollen Pioniere sein. Sie wissen, wie wir alle, wir können nicht unendlich wachsen. Das ist ein großes Problem. Damit kämpft die ganze Welt. Da ist einer doch ein echter Pionier, wenn er oder sie jetzt selber an seinem oder ihrem Verschwinden mitarbeitet«, ergänzte ich.

Es ergibt ja keinen Sinn, Kunden beim Auflösen ihres Vermögens zu beraten, ohne sie auf ihr neues Dasein vorzubereiten. Das leuchtete allen Mitarbeitern ein.

Hör auf niemanden. Mach alles selber. Rüttle an dir, bis du völlig wach bist. Wenn du völlig wach bist, bist du weg.

Professorin E. sollte den Mitarbeitern der Onnepekka Pankki den Unterschied zwischen betrügerischen Machenschaften von windigen Anlage-Gurus und dem Angebot der Onnepekka Pankki aufzeigen, das ultraschwerreichen Kunden dabei helfen sollte, sich selber und ihr Vermögen kontinuierlich in Luft aufzulösen. Professorin E. begann ihren Vortrag mit einer Frage: »Ihr wollt sicher nicht in einem mehrjährigen Albtraum aus Gerichtsterminen und der ständigen Angst, als Kriminelle eingesperrt zu werden, leben! Oder?« Die Mitarbeiter und Mitarbeiterinnen schüttelten mit dem Kopf, und Professorin E. setzte zu einem Rollenspiel an; sie spielte einen mächtigen Anlage-Guru und gleichzeitig dessen Anklägerin.

Sie streifte sich einen schwarzen Mantel über und wirkte darin wie eine gutmütige Riesin. Die Anklägerin begann: »Wir wissen, dass sich die Zweifel an Ihren Anlagen immer mehr gehäuft haben und schließlich ein Wurm aus Ihrem Tisch gekrochen ist und Sie sich auf einen Schlag sehr, sehr einsam gefühlt haben. Sie wollten mit niemandem mehr reden, haben nur noch Ihre Tastatur unten an die Schreibtischkante geschoben, den Stifthalter an die obere Kante, mit ein paar Kugelschreibern ein Viereck auf die Tischplatte gelegt, die Kurbel des Rollladens so gefaltet, dass sie in den Raum hineinzeigt, und alle, die Sie in diesem Moment gesehen hätten, hätten gewusst: Es ist aus!

Die mangelnde Transparenz Ihres Produkts war schon länger Thema. Dass Ihre Kundengelder alle in einen Trust auf den Bahamas flossen und so den Kontrollorganen entzogen wurden, ebenfalls. Sie wurden mehrfach zum Zustandekommen der übermäßig hohen Rendite befragt. Ihre Antwort war immer: Das geht niemanden etwas an, ich kann das nicht verraten, sonst werden meine Renditen sofort sinken, weil andere es mir nachmachen werden! Dass Sie allen Ihr Büro zeigen wollten, beunruhigte niemanden. Die vielen Bildschirme, auf denen Ihre Supersoftware angeblich lief, die Werkstatt, die Sie in Ihrem Büro eingerichtet hatten, die Computer, die Sie angeblich alle selber zusammengebaut haben, all das beunruhigte niemanden.

Es ist einzig dem frühen Misstrauen eines einzigen Kunden zu verdanken, dass noch 10 % der Anlagesumme ins Trockene gebracht werden konnten. 950 Millionen Franken sind weg, verschwunden. Sie zögern nun mit Querulantentum den Prozess hinaus und halten vor Gericht geniale Vorträge darüber, dass Sie es auch sehr schade fänden, dass jetzt, am Ende, ein paar wenige Kunden sehr große Verluste hätten hinnehmen müssen. Sie predigten vor Gericht weiter Ihr Börsenmodell, redeten von Traditionsschwermütigkeit, davon, dass wir finanzielle Rollenbilder aus dem Neandertal verinnerlicht hätten, von Koi-Fischen, die Glück bringen, von Koi-Fischsuppe, die noch mehr Glück bringen soll. Sie haben Ihre Kunden mit professionell gestalteten Unterlagen, die den Schein von Seriosität und Objektivität vermittelten, getäuscht. Insbesondere erweckten die Dokumente die Vorstellung, dass das System von Dritten überprüft worden sei.«

Jetzt wechselte Professorin E. zum Anlage-Guru:

»Ich zeige Ihnen gern, worum es geht. Fragen Sie ruhig alles, was Sie interessiert, Sie werden nicht so schnell wieder so nah an mich herankommen.« Professorin E. zögerte, fiel fast aus der Rolle, dann fasste sie sich wieder, und machte als Anklägerin weiter.

»Wieso betrug die Mindestanlagesumme Ihrer Kunden 250000 Franken?«

»Für die Kunden bedeutete das, zu einer ausgewählten und persönlich betreuten Klientel zu gehören, und sie konnten interessante Bekanntschaften auf ihrem Niveau machen. Sie gehörten zu einem ausgewählten Zirkel.«

»Sie haben diese Leute schamlos ausgenutzt!«

»Ganz falsch. Ich habe mit meiner Phantasie und der abwesenden Phantasie meiner Kunden viel Geld verdient!«

Professorin E. schaute in die Runde, nickte anerkennend und spielte auch gleich noch die Richterin:

»Insgesamt sind Ihre Beweggründe krass egoistisch. Sie haben sich im Verlauf des Strafverfahrens weder geständig gezeigt, noch ließen Sie Einsicht oder Reue erkennen. Vielmehr beharrten Sie gegen alle Evidenz auf Ihrer Version, wonach andere, nicht Sie, für die den Anlegern entstandenen Verluste verantwortlich seien. Und auch Ihre Ausführungen, dass Hunderte von Kunden die versprochenen Gewinne immer erhalten hätten und nur ein paar wenige am Ende leer ausgegangen seien, wirken nur zynisch. Wenn einer an der ersten Bank vorbeigeht, dann an der zweiten Bank, dann noch an einer dritten und vierten, ohne sie zu überfallen, nur um es dann schließlich bei der fünften Bank zu tun, dann ist er deswegen noch lange nicht unschuldig!«

Die Mitarbeiter der Onnepekka Pankki applaudierten, sie hatten vergessen, wo sie waren. Professorin E. bemerkte noch, der Anlage-Guru hätte aus gesundheitlichen Gründen die Haft nicht antreten können und sei keine acht Monate nach der schriftlichen Urteilsverkündung gestorben. »Und tschüs. Gern hätte ich noch etwas gekämpft, geliebt und gelebt«, habe er auf seine Todesanzeige schreiben lassen.

Sechsundneunzig Schritte bis zur Sonne, alle können mitmachen. Das Ziel: Helligkeit und Kelvin. Wir dienen geduldig einem großen Plan. Wir werden lernen, dass alle, die rational argumentieren, es nur tun, damit sie den anderen vorhalten können, unter Wahnvorstellungen zu leiden.

Beat war der erste Kunde für das neue Segment der ultraschwerreichen Kunden. Er wurde von mir persönlich am Eingang der Onnepekka Pankki abgeholt, und ich führte ihn in das Besprechungszimmer, in dem bereits Marcia und Andreas warteten. Marcia spielte eine unauffällige Assistentin, sie wollte dem ganzen Gespräch beiwohnen, um mir später ein Feedback geben zu können. Beat war durch Marcias Marketingkampagne auf unser neues Produkt aufmerksam geworden. Ich bot ihm einen bequemen Ledersessel an.

»Wir freuen uns, dass du mit uns gemeinsam einen Ausweg aus der allgemeinen Anlage-Einbahnstraße suchen willst.«

Das war meine Begrüßung. Beat nickte, Andreas

servierte Kaffee, Marcia hielt sich weiter im Hintergrund und machte Notizen.

»Ich komme aus einer Finanzdynastie und war unter meinem Großvater in unserer Privatbank zuerst Kundenberater, dann Vermögensberater, am Schluss hieß ich Senior Relationship Manager, das klingt zwar super, aber eigentlich verkaufte ich nur noch Produkte, ohne dass ich sie den Kunden mit gutem Gewissen empfehlen konnte. Ich habe mir dann überlegt, was ich sonst tun könnte, etwas, das wenig Infrastruktur braucht, etwas, das ich vielleicht sogar von meinem Wohnzimmer aus machen könnte.«

Ich nickte wohlwollend: »Es ist wichtig, dass man Visionen hat, dann kommt man auch über die schlechten Zeiten hinweg.«

Beat lachte laut: »Einer meiner Brüder hat gesagt, es sei doch vollkommen unglaubwürdig, dass ich, der so viele oberflächliche Dinge gemacht hat, sich nun plötzlich mit dem Rückzug aufs Wesentliche beschäftige, das würde man mir nun wirklich nicht abnehmen.« Beat erzählte, dass ihm die Ankündigung unseres neuen Produkts wie ein Wink von oben vorgekommen sei. Andreas servierte Gebäck, winzig kleine Croissants, die man ganz behutsam mit Daumen und Zeigefinger aufnehmen konnte. Beat aß konzentriert, während ich vom neuen Rohstoff der Zukunft berichtete. Von Ruhe und Zufriedenheit. Das Schwierige an diesem Rohstoff sei, je mehr man davon habe, desto unwichtiger werde man für eine Gesellschaft, die auf materiellen Gewinn ausgerichtet ist. Beat aß das Croissant zu Ende, nickte zuerst, begann dann nachzudenken und sagte schließlich: »Ich glaube, ich verstehe es nicht. Entspannte Menschen sind einer Gesellschaft doch dienlich.«

»Ja, schon, aber wenn du ganz viel Ruhe und Zufriedenheit hast, dann brauchst du keine große gesellschaftliche Interaktion mehr, richtig?«

Beat kaute sorgfältig die letzte Blätterteigflocke und nickte. Dann schüttelte er wieder den Kopf.

»Und dann?«

»Dann bist du nichts mehr in einer Gesellschaft, in der man sich über Arbeit und Tätigkeit definiert.«

»Und das funktioniert dann?«

»Ja, dann brauchst du niemanden mehr, um jemand zu sein, und niemand braucht dich mehr, weil du ja nichts mehr hast, außer Ruhe und Zufriedenheit«, sagte ich.

»Wie lange könntest du auf dein investiertes Geld verzichten? In Jahren?«, fragte nun Andreas.

»Ich konnte mir immer alles leisten, ohne über Geld nachdenken zu müssen. Und um die Frage zu beantworten, wenn ich lebe wie bis anhin, dann könnte das fünfundneunzig Jahre so weitergehen.

Wenn ich sparsamer leben würde, vermutlich hundertfünfunddreißig Jahre oder noch länger.«

»Was ergibt das für einen Sinn?«, fragte ich Beat. »Hier«, sagte ich und streckte Beat meine leeren Hände vors Gesicht: »Was siehst du darin?«

»Nichts?«

»Genau! Denk mal an den Aktienmarkt. An die Börse! Alle kaufen, die Preise steigen per Zufall. Und dann, nach neun Jahren, hast du dein Vermögen um 188 % vermehrt.«

»Oder ich bin komplett verarmt.«

»Genau. Falls die Preise per Zufall neun Jahr lang gesunken wären. Das heißt, es gibt also nur noch die Sozialhilfe, oder du bist Millionär. Alles dazwischen fällt weg.«

Beat begann zu lachen: »Arbeiten lohnt sich nicht mehr, das ist schon länger ein Problem, gerade auch wenn man aus einer so reichen Familie kommt wie ich. Du lebst nur noch davon, dass sich dein Vermögen vermehrt.«

»Absolut richtig. Nur 40 % aller Menschen verdienen ihr Leben noch mit Arbeit. Der Rest ist Sozialhilfeempfänger, Rentner, Arbeitsloser oder lebt so wie du vom Ertrag seines Vermögens.«

Ich zeigte Beat meinen Unterarm, konzentrierte mich, der Unterarm verschwand kurz. Beat hörte auf zu lachen: »Was ist das?«

Mein Arm war wieder da.

Ich fuhr fort: »Genau darum geht es.«

»Dilemma? Winner and loser? Schicksal, Neid!«, antwortete Beat und summte wie eine Hummel. Marcia streichelte ihm den Arm: »Verstehst du das, Beat?«

Beat summte weiter, nun löste sich sein Arm kurz auf, er begann zu husten, konnte nicht mehr sprechen, stand unter Schock.

Ich nickte anerkennend, hielt meine Hand in die Höhe, Andreas stellte sich neben mich, öffnete auf seinem Tablett eine Bildergalerie und sagte: »Diese Leute sind schuld, dass wir mit einer höchst ungleichen Güterverteilung leben müssen. Das ruft viel Neid bei den Unterprivilegierten hervor, und man kann wirklich von niemandem verlangen, dass er seine Hassgefühle, die er deswegen hat, in den Griff bekommt!«

Beat schielte fasziniert auf Andreas' Tablett und sah viele bekannte Gesichter: Nick Price, Fondsmanager bei Fidelity, Steen Jakobsen von der Saxo Bank, Niels Klok von Degiro, Larry Fink von Black Rock, Lloyd C. Blankenfein von Goldman Sachs, Jamie Dimon von J. P. Morgan, Steve Cohen von Point72.

»All diese Menschen sorgen dafür, dass für die Unterklassen das Rennen gelaufen ist. Das wollen wir nicht mehr unterstützen. Und wir fordern dich auf, bei uns mitzumachen, diesem Problem zu begegnen«, sagte Andreas.

»Wir wollen dieses System in Luft auflösen«, doppelte ich nach. Beat wollte alle Bilder noch mal sehen. Ich nickte Andreas zu: »Unbedingt! Schau sie dir an. Sie sehen alle super aus. Hier eine Mischung aus Alain Delon und Robert Wagner von *Hart aber herzlich*, oder hier, wie die Cousins von Pierre Brice und Matt Damon, oder hier der Onkel von George Clooney, und hier der Bruder von Daniel Craig, oder schau mal, hier der Bruder von Raymond Reddington«, sagte ich.

Marcia holte tief Luft: »Darum geht's doch nicht!«

»Ja, du hast recht, die sehen bei genauerem Hinschauen aus wie wettergegerbte Berufstrinker. Einigen möchte man schon von Weitem aus dem Weg gehen, und wenn man sie von Nahem sieht, bekommt man erst richtig Angst. Und hast du gesehen, das sind alles Männer.«

Beat begann zu lachen: »Das habe ich auch immer gesagt. All diese Männer, das sind doch keine Helden. Ich würde keinen von denen mit nach Hause nehmen, und ich würde alle davor warnen, so jemanden auf seine Party einzuladen.«

Beat sagte, dass er seinen Job gekündigt hatte, weil er keiner dieser Finanzmänner mehr sein wollte, die einen erbitterten, einsamen Kampf führten, während der Planet abbrennt.

»Genau deshalb habe ich diese alternative Anlagemethode entwickelt«, antwortete ich, und Beat fuhr fort: »Ich möchte keine Dekoration mehr sein für ein System, das sich damit begnügt, zu strahlen wie ein protzig-prolliges Auto.«

Marcia wurde unruhig und befürchtete, dass Beat ohne Geschäftsabschluss weiterziehen könnte.

»Wir werden mit dir zusammen weiter an der Auflösung von Kapital und dem Käfig arbeiten. Diese Transformation, dieses Schrumpfen ist das Wichtigste überhaupt. Das wird der neue Idealzustand. Du wirst alles haben, aber ohne Risiko, alles verlieren zu können«, sagte ich und wollte Beat gleich eine kleine Einführung in die Auflösung geben. Er bekam Angst.

»Alles aufgeben? Haben wir es nicht gut auf dieser Seite?«

Ich umarmte Beat heftig: »Es nützt nichts, traurig zu sein und zu denken, wie gut man es auf der einen Seite hat. All die Fragen und Sorgen um die andere Seite nützen dir nichts! Du kannst problemlos drüben und gleichzeitig hier sein! Ich zeig's dir.« Ich fasste Beats Hand.

»Aber ich bin doch hier ganz glücklich und froh, und es geht mir gut!«

»Nein, dir geht es nicht gut! Auch du bist schuld, dass die Menschheit auseinanderdriftet. Der Neid, den du säst, verhindert jedes harmonische Zusammensein. Neid ist Feindseligkeit. Randständige, die unter sozialem Dauerdruck stehen, werden ihre Gefühle irgendwann nicht mehr kontrollieren. Die werden sich gegen dich und all die anderen Profiteure richten, die werden euch früher oder später abschaffen. Davor solltest du Angst haben.«

Beat bekam leuchtende Augen, ich strich ihm über den Kopf, ließ seine Hand nicht mehr los und sagte: »Denk an Eier. Und denk daran, dass man sich daraus jeden Morgen neu ein Rührei machen kann. Hast du das?« Beat nickte.

Ich konzentrierte mich weiter, schickte strahlendes, sterngleiches Licht auf Beats Hände.

»Wow, was für ein Licht! Es ist nicht von dieser Welt«, hörte ich Marcias begeisterten Kommentar. Beat schaute fasziniert auf seine Hand und wollte etwas fragen. Dann sah er, wie sich seine Hand und ein Teil seines Arms auflösten, die Wände um Beat herum verloren ihre Festigkeit. Beat sah sich erstaunt um und entdeckte knapp unterhalb der Zimmerdecke eine schwebende zweite Version von sich selber. »Entfern dich nicht zu weit! Du solltest in der ersten Phase jederzeit in deinen ersten Körper zurückschnellen können«, erklärte ich ihm. Die

Wände rund um Beat verfestigten sich wieder, Beat musste lachen, und ich gab ihm einen Kuss.

»Hast du davon gehört, dass jemand über die Erdoberfläche wacht und Menschen daran hindert, lustvoll davonzufliegen? Nein?«

Beat schüttelte den Kopf.

»Das ist auch nicht nötig. Den Menschen entspricht es, im Normalfall auf der Erde zu bleiben. Die wollen im Normalfall gar nicht davonfliegen.«

Beat nickte. Ich erklärte ihm, dass wir die Auflösung seines Vermögens gleichzeitig starten sollten wie das Training seiner Fähigkeit, sich selber aufzulösen.

Du musst dich mit anderen zusammentun, abgekoppelt von Religion, Politik und der Autorität des Markts. Du musst wissen, dass jeder und jede genial ist, wenn sie oder er sich mit vielen anderen zusammentut. Tut euch zusammen.

Beat erschien regelmäßig in der Onnepekka Pankki und lernte Schritt für Schritt, sich in Luft aufzulösen. Sorgfältig wurde er von mir auf sein Verschwinden vorbereitet. Beat war ein Musterschüler, es machte ihm großen Spaß. Nach jeder Übungseinheit lachte er begeistert. Er lernte wahnsinnig schnell; während viele um ihn herum immer noch glaubten, Geld sei eine Art Gott, ohne Anfang und Ende, wusste Beat, das war ein großer Irrtum, ein Konzeptfehler. Geld war immer als etwas Limitiertes mit einem klaren Anfang und einem klaren Ende gedacht gewesen.

Wir saßen im Besprechungszimmer, ich aß Erdnüsse, als Beat mir sagte, dass er bereit sei, an Orte zu gehen, wo er sich normalerweise nicht aufhalten könne, dass er sich freue, neue Sprachen zu lernen, mit jeder neuen Sprache eine neue Grenze zu überschreiten, dass er lange genug vom System getäuscht worden sei und nun selber das System täuschen wolle.

Ich stopfte mir eine Handvoll Erdnüsse in den Mund, drehte mich nur ganz kurz von Beat weg, und schon war er verschwunden.

Der nächste Kunde ließ nicht lange auf sich warten. Ignazio sah einem kaum in die Augen, als wir uns kennenlernten. Sein Schritt hatte nichts Dynamisches, er ging mit hängenden Schultern, und sein Gang glich dem eines lahmenden Kamels. Ignazio war ein hochrangiger Mitarbeiter einer großen Zentralbank. Er hatte Probleme mit seinem Staat, der seine Verschuldung auf über 159 % des BIP gesteigert hatte. Sein Land war nur einen Schritt vom Schrott-Status entfernt, was die Ausfallwahrscheinlichkeit für seine Schulden anging. Ignazio hatte einfach keine Lust mehr, immer weiter Staatsanleihen seines maroden Lands aufzukaufen und zuzuschauen, wie alles in einem langen, dunklen Tunnel verschwand. Als der Staat wieder bei ihm betteln kam und 200 Milliarden wollte, hatte er die Summe einfach in ein Zahlungsverkehrssystem eingegeben, das grenzüberschreitende Transaktionen zwischen verschiedenen Staaten und Notenbanken regelt, und weiter nichts mehr gemacht. Die zweihundert Milliarden schwebten nun irgendwo herum. Ignazio wünschte sich nichts mehr, als selbst auch irgendwo zwischen den Systemen zu schweben, und so kam es, dass ich ihm half, sich in Luft aufzulösen, und da er danach nichts mehr tun konnte, verschwanden auch die zweihundert Milliarden. Seine letzte Nachricht an den Gouverneur seiner Notenbank war: »Caro Giuseppe, ich werde mich zusammen mit einem Teil deiner Staatsanleichen :) in Luft auflösen, mach's gut. Ich habe dich hier bei Mikka schon angekündigt. Ich grüße dich herzlich. Such mich nicht, du wirst mich nicht finden. Cordiali saluti, Ignazio. P.S.: Das Glück ist überall. Ich bin unter euch.«

Die Finanzmarktaufsichten diverser Länder begannen besorgt, die Onnepekka Pankki zu prüfen.

Es war zu spät, mittlerweile waren auch die ganz großen Fondsanbieter wie Vanguard, Pimco, Amundi, Fidelity, BlackRock, UBS, DWS und Nordea mit uns in Kontakt gekommen, und ich hatte mich möglichst schnell mit möglichst vielen Chief Investment Officern getroffen, diese jeweils kurz angeschaut und mich über deren Verschwinden inklusive der jeweils von ihnen verwalteten Vermögen sehr gefreut.

Dan, Gregory, Bill, Rick, Fabian, Thomas, David,

Matthew, Phillippe, und wie sie alle hießen, verschwanden und mit ihnen 90 % der gesamten weltweiten Vermögen. Die Polizei, die Staatsanwaltschaften diverser Länder, diverse Geheimdienste, sogar das Militär tauchte auf. Sie fanden jedoch keine Spur, die sie weiterbrachte. Einzig schnell vorbeihuschende Schatten waren hier und da noch zu sehen, und in einer Ecke lagen Phantasiegeldscheine mit Aufschriften wie: *Simplicité et felicité*, *bonum et magnum* oder *Happy is he who is everywhere*.

Vor dem Fenster meines Büros der Onnepekka Pankki flog regelmäßig eine Elster vorbei und landete manchmal auf der Fensterbank. Ich hatte sie Pia getauft. Manchmal machte sie einen kleinen Spaziergang auf der Fensterbank und tapperte darauf herum wie auf einer Uferpromenade, auf der sich sonst nur Prominente zeigen. Einmal hatte die Elster auch »Guten Tag« zu mir gesagt, und ich wusste nicht recht, wo die Elster diese Laute gelernt hatte.

Am letzten Tag habe ich mich mit der Elster zum Kuchenessen getroffen. Dazu hatten wir uns ins Bett gesetzt, unsere Beine weit von uns gestreckt und gemeinsam unsere Kugelbäuche betrachtet.

Der Wind wird mich berühren, und ich werde leicht sein. Ich werde einen leichten Körper haben. Ich werde zufrieden sein, und nichts wird mich hindern. Die Wahrheit muss man mithilfe seiner Gefühle erforschen, nicht mithilfe seines Gehirns.

Vor der Abreise mussten wir alle unsere Daten für eine ESTA-Reisegenehmigung auf eine Staats-Webseite hochladen und dafür Geld bezahlen. Dann schrieb uns die Fluggesellschaft, der amerikanische Staat verlange, dass wir unsere Personendaten vor dem Flug noch mal hochladen. Die Fluggesellschaft sei verpflichtet, den US-Behörden am Abflugtag alles zu übermitteln. Wir hatten zwar demselben Staat schon unseren Namen, unsere Passnummer, Aufenthaltsadresse, unseren Gesundheitszustand und unsere politische Orientierung mitgeteilt. Vor dem Einsteigen ins Flugzeug gab es dann aber noch ein Kurzinterview mit einem amerikanischen Staatschutzmitarbeiter. Warum reisen Sie in die USA? »Zum Spaß«, sagten wir, und zack, war der Stempel im Pass. Danach flogen wir elf Stunden. Professorin E. und ihr Freund Daniel begleiteten mich auf meiner Flucht.

Ich sollte mich bei Daniels Freunden im Navajo-Reservat verstecken. Der Canyon de Chelly in Chinle sollte meine neue Heimat werden.

Kurz vor Washington wurde unser Flug in eine Hold-Schleife geschickt, wegen massiver Gewitterstürme mit Hagel. Wir landeten schließlich mit einer halben Stunde Verspätung. Die automatische Einwanderungsmaschine machte mir Probleme. Meine Hände zitterten, die Maschine konnte meine Finger nicht scannen. Die Einwanderungsmaschine machte Fotos von mir, ich sah aus wie auf LSD.

Ein Einwanderungsbeamter machte alles noch mal, Foto, Finger linke Hand, Finger rechte Hand, und gleichzeitig stellte er mir Fragen. Meine Daten wurden noch mal mit einer Watchlist verglichen. Der Einwanderungsbeamte entschied nach einem kurzen Interview, dass ich einreisen durfte.

Die Menschenschlange vor dem Ganzkörper-Scanner war lang. Wir warfen Jacke, Gürtel, Telefon, Uhr und alles in eine Plastikschale. Als ich im Scanner stand, schüttelte ein Beamter den Kopf und sagte, die Maschine könne kein Bild von mir machen. Ich nickte, nahm meine Sachen und ging zügig weiter.

Das Hotel fanden wir nach fünfzehnminütiger Fahrt durch das schillernde Las Vegas.

Daniel war fast in den Straßengraben gefahren, weil er uns zeigen wollte, wie man den Arm richtig aus dem Fenster hinaushängen lässt. Nach einer kurzen Nacht frühstückten wir inmitten mexikanischer Familien. Daniel kippte seinen Kaffee in den Abguss, wir fuhren los, die Wüstenlandschaft verschwand, und plötzlich waren wir auf 2300 Metern über Meer, und es sah eher aus wie im Norden Europas. In Flagstaff erwischten wir das schlechteste Motel vor Ort. Eine Holzbaracke, die den ganzen Winter nie geheizt worden war. Es stank erbärmlich nach Moder. Die Tür ging jedes Mal auf, wenn ein Amtrack-Güterzug vorbeifuhr. Im Hauptgebäude des Motels gab es einen Schlafsaal, in dem Reisende oder Gestrandete ohne Geld schliefen. Die lagen in Kajütenbetten und sparten ihre Dollars, damit sie später Bier trinken könnten. Einer saß den ganzen Tag in einem grünen Pyjama herum, ein Fünfzigjähriger sagte jedem, der es hören wollte, dass seine Mutter kürzlich gestorben sei und er ein Riesenerbe antreten werde und dann nicht mehr hier wohne. Wir gingen in den *Natural Grocers Supermarkt* und kauften Weihrauch. Damit machte Daniel unsere Baracke etwas gemütlicher. Das Frühstück nahmen wir nicht in unserem Motel zu uns, es war zu traurig. Wir fanden um die Ecke ein schönes

Restaurant. Wir fuhren weiter Richtung Sedona, sogar einen Elch sahen wir, und später rannte uns ein Stinktier fast unters Auto.

Am nächsten Morgen bestiegen wir den Cathedral Rock. Diese Felsen wurden unsere Freunde. Wir fuhren weiter Richtung Chinle, nach ein paar Stunden hielten wir auf einem riesigen leeren Spielplatz. In der Umgebung wohnten Navajos in großen Fertighaussiedlungen. Wir benutzten nach dem langen Autofahren zur Auflockerung eine Rutschbahn. Ein Bettler kam schnurstracks auf Daniel zu: »I don't want to be rude, but … my name is Key and …« Er wollte Geld, roch nach Alkohol, obwohl in der ganzen Navajo-Nation nichts getrunken werden durfte. Das Geld wollte Key für zwei Cheeseburger, Fries, Cola und einen Milchshake. Daniel musste zahlen, weil ein Navajo einem anderen niemals einen Wunsch abschlagen darf. Man würde einem Kollegen sein Auto leihen, auch wenn man wusste, dass dieser ins nächste Dorf fahren, sich volllaufen lassen und das Auto, wenn überhaupt, stark verbeult zurückbringen würde. Key kannte Italien, wusste, dass es dort Berge gab, die Schweiz kannte er nicht. Als wir in Chinle ankamen, blies gerade ein Staubsturm durch die Straßen. Dann wollte uns Daniel zu einem heiligen Felsen führen. Wir kauften im lokalen Supermarkt Wasser, Früchte, Brot, Käse und ein paar Nüsse, in Daniels Einkaufskorb waren eine Literflasche Zuckerlimonade und eine Tüte Nacho-Chips. Er lachte: »Ich bin mit Hunderten Heilpflanzen vertraut und weiß, wie sie wirken. Ich wundere mich auch jedes Mal, wie ich dann diesen Dreck fressen kann.

Daniel ging immer etwa 200 Meter vor uns her, bückte sich regelmäßig, legte immer wieder Federn, die er fand, so hin, dass wir sie sehen konnten. Nach eineinhalb Stunden Weg hielt Daniel an, zeigte in alle Richtungen und sagte: »Jeder von uns hat eine Himmelsrichtung, um Pause zu machen, in ein Gebüsch zu steigen, etwas zu trinken oder zu essen.«

Daniel verschwand. Nach einer weiteren Stunde, die wir schweigend hintereinander hergingen, kamen wir am Fuß des Spider Rock an. Daniel stellte sich nahe an den Fluss, den Blick zwischen der Spitze des Spider Rock und des Face Rock, der schräg gegenüberlag, hin- und herschweifen lassend.

»Open your mind! Do you hear the water, do you hear the wind, do you feel the wind on your skin? Close your eyes. Feel the spirits of the ancient times, they talk to you, they tell you all you need to know. Just stay here. Ask the rocks, the river and the wind for help. The ancient spirits will talk to you.«

Literaturliste

Laurie Penny: *Bitch Doctrine-Essays for Dissenting Adults*, London 2018

Kyriacos C Markides: *Der Magus von Strovolos: Die faszinierende Welt eines spirituellen Heilers*, München1988

Catherine Lacey: *Niemand verschwindet einfach so*, Berlin 2017

Svein Harald Øygard: *In The Combat Zone of Finance: An insiders account of the financial crisis*, London 2020

Sheelah Kolhatkar: *Black Edge: Inside Information, Dirty Money, and the Quest to Bring Down the Most Wanted Man on Wall Street*, London 2018

Anita Raghavan: *The Billionaire's Apprentice – The Rise of The Indian-American Elite and The Fall of The Galleon Hedge Fund*, New York 2013

»Blanker Neid, blinde Wut? Sozialstruktur und kollektive Gefühle«, in: *Leviathan, Zeitschrift für Sozialwissenschaft*, Baden-Baden 1999

Dank

Ich danke Daniela, der Verlegerin des Atlantis Verlags, die das, was ich hatte, nahm, gut darauf klopfte und dem Text den richtigen Weg wies.

Allen weiteren Davor-Leserinnen und -Lesern danke für die Hilfe und die vielen guten Ideen.

Ein Dankeschön für die Unterstützung an der Arbeit an diesem Buch geht auch an: Kulturstiftung Thurgau, Stadt Biel, Stadt Bern, Kanton Bern, Burgergemeinde Bern.

Ein besonderer Dank geht an Noëlle und Araell, auch für den Weg, den wir gemeinsam gehen.

Foto: © Randy Tischler

MICHAEL STAUFFER schreibt Prosa in allen Formen, er ist Autor und Regisseur von zahlreichen Hörspielen, die auf SRF und diversen deutschen Sendeanstalten ausgestrahlt wurden, er schreibt Lyrik und improvisiert mit Musikern. Mit Noëlle Revaz tritt er im Duo Nomi-Nomi mit Spoken-Word-Performances auf. Zuletzt erschienen die Romane *Ansichten eines Kamels* (2014) und *Jeden Tag das Universum begrüßen* (2017). Stauffer lehrt am Schweizerischen Literaturinstitut der Hochschule der Künste Bern. Er lebt in Biel.